アーサー・ビナード

# 日本語ぽこりぽこり

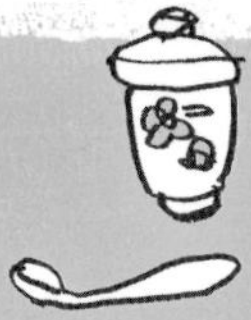

Arthur Binard

小学館

日本語ぽこりぽこり　目次

## Ⅰ　海を挟んでつれション



## Ⅱ　メロンの立場

## Ⅲ　夜行バスに浮かぶ



## Ⅳ　躮感謝祭



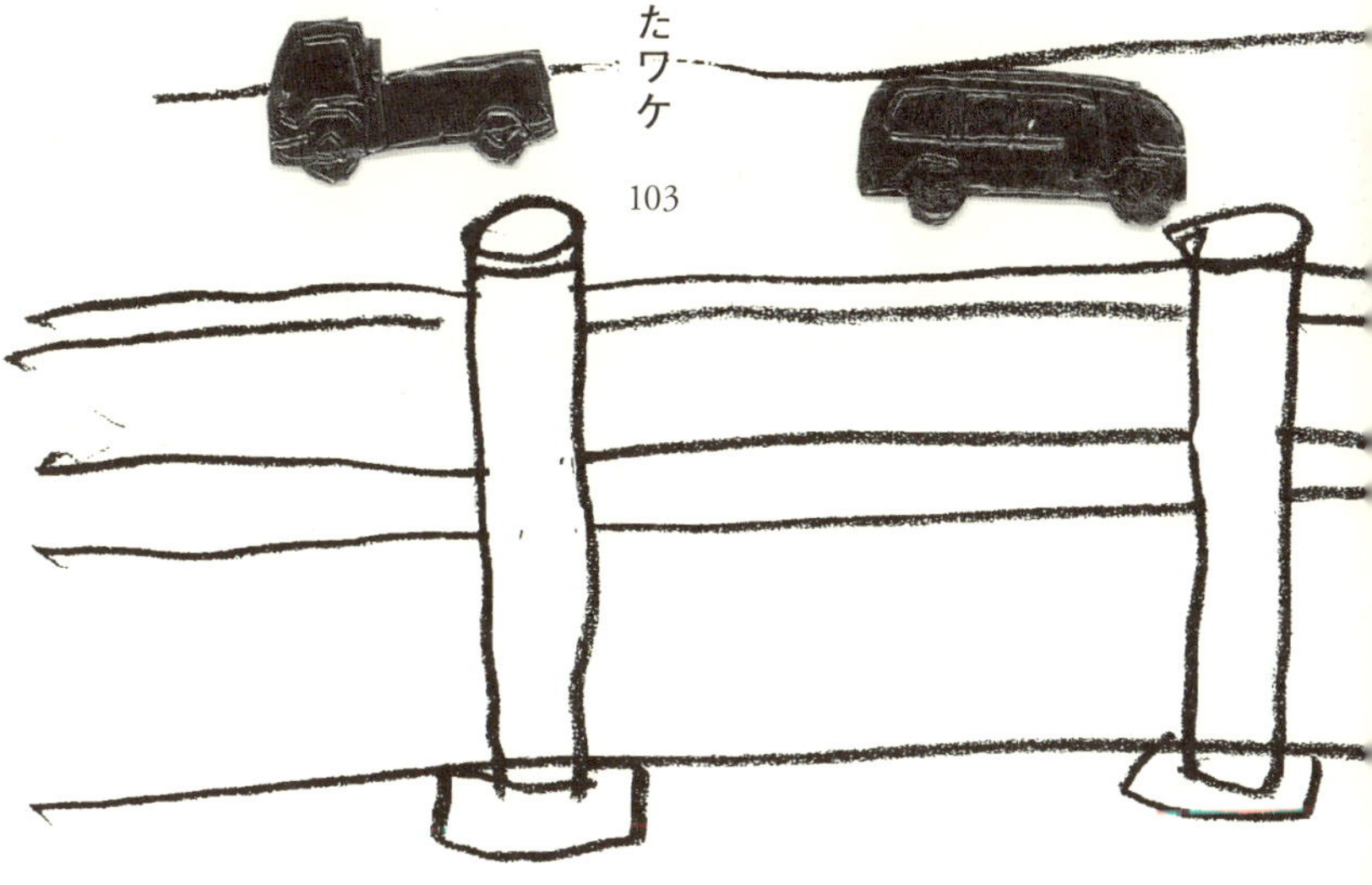

## Ⅴ ターキーに注意



## Ⅵ おまけのミシシッピ

# Ⅰ　海を挟んでつれション

# 独楽った話

ニューヨークで映画の脚本を書いて、製作も手掛けている高校時代の友人Aがいる。以前、彼はロシアに数年間滞在し、向こうでも同じような仕事をやろうとしていたらしい。ところが、舞い込んでくる依頼はテレビコマーシャルばかり。「正直いえば、コマーシャルは私の専門ではないし、目指している分野でもない……」。彼がそう話すと、相手のロシア人は「きみ、アメリカ人だろう？　アメリカ人はみんなコマーシャルの専門家って、相場が決まってるんだ」と決めつけてくるのだった。

ニューヨークの郊外で生まれ育ったミュージシャンの友人Bは、一年の半分くらいを外国で演奏しながら過ごしている。いろんな国の人といっしょに食事をとり、料理についてあれこれ話すことも少なくないが、実をいうと米国人の彼は、一度もマクドナルドのハンバーガーを口にしたことがない――両親が、わが子にそんなモノを食べさせまいと苦心して、本人もそのポリシーに逆らわず、すんなり受け継いで今年の春で、めでたく「一〇〇パーセント無マック」状態で不惑を迎えた。一大快挙だと、ぼくなんか拍手を送りたくなるけれど、海外ツアーで出

会う人々の中には、そう考えない相手もいるという。「ファーストフードの話題になって、こっちはよく知らないんだ、食ったことないというと、おいッ！　本当にアメリカ人かよって、モグリに思われたり、とがめられたりもする」

ぼくは、ファーストフードをひと通り食べてきたし、コマーシャルの原稿も、二回ほど頼まれて、二回とも二つ返事で引き受けた（結局は採用されなかったが）。

しかしたまに、例えばおもちゃの話になると、ぼくもモグリアメリカン扱いを受けることがある。相手はたいがい中年か高年の日本人男性。ベースボールカードから入って、ブリキおもちゃへと話題が移り、さらにビー玉へ、そして延長線で、こんなセリフが飛び出す――「きみは米国人だから当然、ベイ独楽《ごま》が得意だろうッ？」

初めていわれたとき、ベイ独楽のべの字も知らなかったので、笑われながらもナプキンに図を描いてもらい、身振り手振り交じりで打ち方も教わった。けれどどんなに記憶を探っても、母国でそんなtoy《トイ》はついぞ見たことがない。普通の独楽ならtop《トップ》といって、いくつかの種類があるが、ベイにぴったり合うものは思い当たらない。

その後、何度か同じような目に遭い、ぼくの故郷ミシガンあたりは独楽文化的に貧しい地方なのか……。もしかして西海岸の玩具文化で、それが東洋へ伝播《でんぱ》したかしら……。さまざまな疑問がわき、百科事典を引いてみて分かった――「米国人だから当然ベイ独楽」うんぬんといっていた連中こそモグリであるということ。

「ベイ」は、アメリカとは関係ないのだ。ニッポンの海の、わりかし浅いところの砂に、見事な紡錘形の殻を持った巻き貝が棲息《せいそく》する。その名は「バイ」、分類でいうと「エゾバイ科」に入る。江戸時代の、どうやら寛永（一六二四〜四四年）の頃にだれかがバイの貝殻を、胴の真ん中よりちょっと上で輪切り風に切断、螺旋《らせん》状の上半分の内側に蠟《ろう》を詰めて「バイ独楽」として遊び出した。それがどんどん広まって、そして江戸では訛《なま》って「ベイ独楽」に。明治時代に真鍮《しんちゅう》製のものや「鉄バイ」が出現、昭和になると「サクラベエ」だの「ノラクロベエ」だの、戦後には人気の野球選手の名前入りのベイも流行《はや》ったそうだ。もし「ベイ独楽」を英語に訳すならば、そのルーツである貝への敬意も込めてJapanese seashell top がよかろう。

今度「きみは米国人だから……」ときたら、右のような解説でやり返そう。ただ、あまり詳しくいうと、「おいッ、きみ、ホントにアメリカ人かいッ?」と、逆効果を招きかねない。

そういわれてしまえば、こっちはもう「アカンベイ」という手しかないのかも。

# くしゃみ、糞食らえ

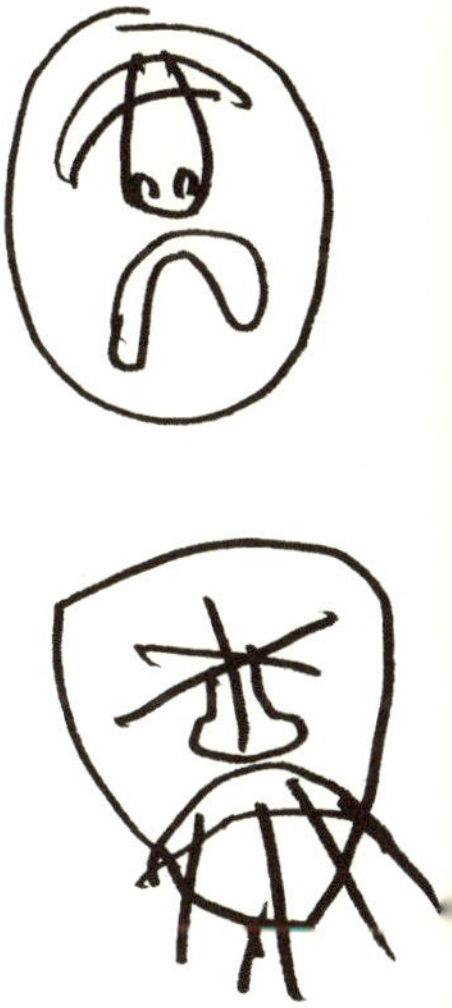

英語と日本語を、ぼくは五分五分くらいに使って生きている（ひょっとしたら日本語の割合のほうが少し多いか）。

自分の言語力への不満は多々あるが、言語そのものへの不満はほとんどない。ただし、二つの国を比べるのと同じように、和英と英和をあれこれ比較してみると、長所短所が見えてきて、「欲をいえば」といった具合に、欲が出る。

例えば、英語の場合は否定か肯定か、イエスかノーかすぐ文の頭ではっきりする。はっきりさせるしかない。それに引き替え、「というふうに思わない……わけでも……ないのですが……ね……」と相手の顔色をうかがいながら話せることは、英語にない日本語の妙味だ。

逆に英語から、もし日本語もこうだったらなぁと思うところもある。些細《ささい》なことなのだが、最初に浮かんでくるのは「くしゃみ」。

いや、くしゃみ自体になんら不足はない。Ahchoo!《アーチュー》　ハクション！　どちらの効果音で息と鼻水と粘膜の痒《かゆ》みを吹き飛ばしたとて、同じくらい気分爽快だ。

もちろん、「くしゃみ」という単語が英語のsneeze《スニーズ》に劣っているわけでもない。むしろ、日本語の場合は「嚏《くしゃみ》」と漢字でも書けるし、『歳時記』にも載っているし、単語というよりも輝かしい詩語だ。一句をひねったことがある——。

二つ目の嚏を待てどついに出ず

では、どこが不満かというと、それはくしゃみが果てた後のフォロー、相手のハクションへの言語的対応だ。

英語にはBless you《ブレスユー》という慣用句があって（God bless youの短縮形）、だれかがくしゃみをしたら、周りの人が必ずいってあげる言葉。直訳すれば「神の加護があなたにありますように」になるが、要するに昔々、人々はくしゃみを不吉の前兆、あるいは悪魔が体内に入ってくるスキというふうに捉《とら》えたらしく、身を守るために発したマジナイだ。それが段々と、一種の挨拶《あいさつ》と化して、今はぼくみたいな無神論者でも平気で使える。

喫茶店で打ち合わせをしていて、相手の大くしゃみで話が途切れたとしても、英語ならこっちが反射的にBless youをいえば、まるで何もなかったかのように、自然と話がつながって進んでいく。しかし日本語では、そうすんなりとはいかない。大くしゃみの相手に、何もいわないのもちょっと変だし、「お大事に」では別れの挨拶っぽい。ぼくは「風邪ですか」とその場をごまかすことが多いが、やはりイマイチしっくりこない。

日本で、人のくしゃみに出くわすたびに、それがずっと気になっていた。そして今年の一月、沖縄へ出かけて沖縄口《ウチナーグチ》に出くわし、沖縄の人のくしゃみにも出くわして発見した――「クスクエーヒャー」。標準語に訳すと「糞食らえ」、くしゃみが出たとき、沖縄口ではこういう。ハクションの主をののしっていうのではなく、くしゃみを引き起こさせた魔物に対しての脅かし、風邪を吹き飛ばすためのマジナイなのだ。字面は Bless you とずいぶん違って見えるが、発想の元はいっしょ。

沖縄土産「クスクエーヒャー」を東京へ持ち帰ってから、気がついた。「沖縄口で〈くしゃみ〉のことをなんていうか、聞くの忘れちゃった……。そういえば〈くさめ〉という言い方もあったなぁ……」

そこで『広辞苑』を引いてみると、「くさめ」の②のところにこうあった。「くしゃみが出たとき唱えるまじないの語。〈休息万病《くそくまんびょう》〉を早口に言ったものという」

なんだ、「くしゃみ」に音変化する前の「くさめ」という言葉が、もともとは Bless you だったのか。でも、どちらかといえば「クスクエーヒャー」のほうが、なんだか味がある。

しかも、嫌な相手なら、そのくしゃみを待たずに、使えそうだ。

# 海を挟んでつれション

「われ以外は皆わが師なり」とはよくいったものだ。が、だれのいった言葉なのか、思い出せない。わが家にある二冊の「名言集」を引いて、それから近所の図書館にあるのもみな引っぱってみたけれど、出てこない。

もしかしてこれは、まえ住んでいた近所の豆腐屋のおやじさんが教えてくれた言葉だったのかなと、久しぶりに行って店先で豆乳を立ち飲みしながら聞いてみた。

「知らないなぁ、その名言は。きみが作ったんじゃねぇのか……」といわれてしまった。

ともかく、外国へ行って新しい言語を覚えようとする者は、毎日が「われ以外は皆わが師なり」の連続だ。ぼくの場合は（名言の類いは例外的だが）わりと、何をいつだれに教わったか、覚えていることが多い。来日して、すぐに習字教室に入り、その先生に沢山の言葉を、書き順まで丁寧に教えてもらった――「いろは」をはじめ、「早春の光」だの「清新の気」だの「日進月歩」、やがて「楷書《かいしょ》」も「落款《らっかん》」も。しかしまた、習字仲間の小学生たちからも、もら

った言葉がある。例えば「ちくる」とか「二度書き」とか。

当時、ぼくは古いアパートの三〇三号室にいたが、三〇二号室には工事現場で働く兄ちゃんが住んでいて、ときどき廊下で立ち話をするのだった。その中で「ジャン」や「オケラ」など、競輪にまつわる単語をいくつも覚えた。

どんなにくだらないテレビでも、こっちにとってみれば未知の表現の宝庫。和英辞典を片手に耳を澄まし、昼メロもクイズ番組も、一生懸命見た。


だが、日本在住が十何年にもなると、日常会話の範囲内のものはほぼ網羅できて、諺《ことわざ》や四字熟語も、たいがいはどこかで出くわしている。なのに、いまだに米国青年面をしているからなのか、出会う日本人の中に、どうしてもジャパニーズのひとつやふたつを教えてやろうとする人がいるのだ。その気持ちをありがたく思いながらも、相手が何を教えようとしてきたかで勝手に性格を判断したり、ちょっとした精神分析ごっこまで小生意気にも楽しんでしまう。

統計は取っていないが、これまでに教わった回数でいうと、「一期一会」が一番多いのではないかと思う。しかも「日本人の心の……」「日本独特の美しい言の葉……」エトセトラのような前置きが付く。

「あッ、またきたな」と神妙な顔をつくって、静かに待ち受け、そして「ええ、ぼくも好きですよ、甘くてネ、イチゴ大福なんかも大好き……」などと落とす。いま思えばまるで予言みたいに、あの言葉を教わったときの出会いというのは、ほとんどが一期一会で終わっている。

　比率でいうと、「一期一会」を教えようとするのは、女性のほうがやや多いか。それに対して、中年の男性がよく教えようとする言葉には、「つれション」がある。もちろん藪《やぶ》から棒にではなく、会議か催し物か何かで、たまたまトイレでいっしょになったときだ。小便器の前で並んで立っていると、「知ってる？　これって、日本語でなんていうか……」

　英会話スクールで教師のアルバイトをしていた頃、生徒のサラリーマンのひとりから教わって、一回目はその新出語とともに、一種の感銘も覚えた。ただ、つれション学習が度重なるにつれて、その感銘も薄れ、いつしか「おやじギャグ」の部類に属する単語として、ぼくは捉えるようになっていた。


　先だって、ミシガン州に住む幼なじみからの久しぶりの電話に、朝早く起こされた。互いの近況、料理人である彼の仕事の様子、それぞれの夫婦生活、あれこれしゃべっているうちに、だんだんと、小便したくなってきた。それをいうと、彼も同じ満タン状態だといい、そこでぼくはふと「そういえばジャパニーズには、いっしょに並んでションベンすることをいう特別な、おっかしな言葉があるんだ……」と“tsureshon”を英語解説付きで教えてやった。

　それから電話を切り、便器を前にして考えた――そろそろもう日が暮れただろうミシガンでは、いま、彼もきっと同じく放尿中。太平洋と国境を挟んだ、スケールの大きい「つれション」といえるだろうか。

しかし英訳してまで、そんな言葉を友人に教えようとする自分……ひょっとして、既に「おやじ」という時間帯に、入ってしまっているのかもしれない。

＊後日、読者から「われ以外は皆わが師なり」が吉川英治の言葉であることを教わった。

# ジス・イズ・ア・柿？

“This is a pen.” かつて日本では、英語の勉強といえば、このセンテンスからみなスタートしたのだそうだ。ぼくが来日した一九九〇年には、さすがに教科書から姿を消していただろうが、それでもときどき話題にのぼることがあった。例えば、定食屋でご主人に「お国は？」「日本に来て長いの？」などと聞かれ、日本語学校に通いながら英語を教えていることを話して、そこで「どうして日本人はうまく英語がしゃべれないんだろう？」ときた。かと思うと、自分で答えるようにご主人は、「まあ、ジス・イズ・ア・ペンやってたんじゃ、しょうがないんだよな。もっと使える英語を教えなきゃ」

行きつけの八百屋のご主人とも、豆腐屋のご主人とも、アルバイト先の英会話スクールの複数の生徒とも、同様の会話を交わした記憶がある。その中で必ずといっていいほど、文法一辺倒の英語教育のシンボル的例文として“This is a pen.”が引用されたのだ。“I am a boy.”とセットで出されたことも。

基本的には、こっちも同感だった。試験だけのためではなく、生活に即して実感がわく形で英語を教えるべきだと。けれどその反面、「ジス・イズ・ア・ペン」を悪者扱いするのはちょっと酷じゃないかと、弁護したくもなるのだった。あの例文は、「ペン」がなんだか冴《さ》えないけれど、一応、言葉の一つの基本を示している。欲をいえば、引っ繰り返して質問にしたほうが、もっと語学の出発点にふさわしかったのでは？ つまり“What is this?”または“What is this called in English?”も役に立つ。

日本語の勉強を始めたとき、ぼくはそれらに相当する「これは何ですか？」と「日本語で何といいますか？」を真っ先に暗記した。そのセンテンスの選択は、イタリアでの経験に基づいていた。日本語に出会う前、二十歳のころにぼくはミラノへ行き、イタリア語を学んだ。結果的に一番重宝した表現はといえば“Che cos'è?”（これは何ですか？）と“Come si dice in Italiano?”（イタリア語で何といいますか？）だった。

“Dov'è il bagno?”（トイレはどこですか？）や“È troppo caro!”（高すぎる！）なども大事だ。けれど、イタリア語を尋ねるための質問は、相手の言葉に興味を示すと同時に、広がりある会話のきっかけにもなり、うまく使うと町中がランゲージスクールになる。チーズ屋でチーズの味と名称を覚え、パン屋でパンの試食と学習をして、パスタ屋でパスタを教わり、果物屋で果物の名を……。

果物屋の豊富な品ぞろえの中で、とりわけぼくを魅了したのは“cachi”という、直径十センチばかりのふくよかなフルーツ。半透明なブロンズレッドで非常にやわらかく、形が崩れないように一個一個、紙に包んである。食べるときはてっぺんの蔕《へた》を取り、甘くとろける中身をスプーンで掬《すく》う。

アメリカにも、実はイタリアの"cachi"と近縁種の果物がある。スーパーではあまり見かけないが、農産物品評会などでたまに並べてあり、原住民のアルゴンキン族の名称"persimmon"が、そのまま英語になっている。

ぼくはなんとなく、アメリカからヨーロッパへ運ばれて見違えるほど品種改良を加えられ、しゃれたイタリアン・ネームもつけられたのだろうと思い込んでいた。ところが、来日して数か月経った秋のある日、アパート近くの八百屋の店先に"cachi"を髣髴《ほうふつ》とさせる果物が並べてあるのを見つけた。一個を手に取り、「これは何ですか?」

野菜果物について、ぼくから根掘り葉掘り聞かれることにもう慣れたご主人は笑い、「それはカキだね」といった。「日本語でもcachi!? もしかしてイタリアから?」「いや、ニッポンのだよ。そいつは静岡のジロウガキ」。そのとき、ご主人に「柿」の漢字と、大きく分けて渋柿と甘柿と二種類あるということも教わった。甘柿の「次郎柿」を一山買い、初めて歯ごたえのある"cachi"を頬張《ほおば》った。

その後、図書館で英語のエンサイクロペディアと日本語の百科事典を引いて、大まかな柿の流れがつかめた。十九世紀に中国と日本から、渋柿が欧州へ渡る。そのころからヨーロッパ人はもっぱら「熟柿《じゅくし》」で賞味。イタリア語の"cachi"は日本語からの外来語。アメリカガキこ

と“persimmon”は北米原産だが、やはり十九世紀後半に日本の柿もカリフォルニアへ渡り、生産量は少ないながら今でも栽培されている。“kaki”とも“Japanese persimmon”とも呼ぶ。八百屋で、知らない英語も教わっていたのだ。

クリスマスに一時帰国したとき、上等な干し柿を二箱もスーツケースに入れて、親戚と友人に振る舞った。まず“What is this?”とクイズを出してから、味見してもらったが、正解の“kaki”も“persimmon”も、だれひとり当てられなかった。気に入って“One more, please.”と頼んできたのは、三人に一人程度だったか。

# マネーのズレ

時は金なり――"Time is money."

英語と日本語と両方で幅をきかすその言葉が、なんだか気になる。もちろん、諺のその心は、時間を無駄づかいしてはいけないという、とてもまっとうな話だと分かってはいるが、その言い方がどこか心得違いというか、本末転倒な感じがしてならない。

時間は計り知れないほど貴重な、とてつもなく大きいもので、金銭をどんなに過大評価しても、究極のところでは比べものにならないんじゃないか。つまり「時は金なりと考えるのは成り金趣味なり」みたいなことを、ぼくは考える。けれど、またそこへすかさず、「それにつけても金の欲しさよ」と、自分で自分を野次《やじ》りたくもなってしまうのだ。

長いスパンで見ると、金銭は流行りすたりの波にもてあそばれ、時代を流浪する不運な旅人のよう……。ぼくがつくづくそう思ったのは、来日したときだ。

一九九〇年の五月末、オハイオ州の自宅でジャパン行きの荷造りをしていてハッと、YENを用意したほうがいいと思いついた。自転車に乗ってさっそく、最寄りのOhio Citizens

Bank へ。窓口の女性に「日本円ありますか?」と尋ねると、「少々お待ちください」と彼女は席を立って奥へ行き、上司らしき男性と相談。その彼がまたさらに奥へ行って見えなくなり、しばらくしてから「金額は?」とぼくに聞いてきた。

「二百ドルくらいかな」と答えたら、「それなら用意できます」

結局、渡されたのは一万円札一枚と、たくさんの千円札と、七、八枚の五百円札だった。それから半端は、アメリカのコインでもらった。

お初にお目にかかる三種類のジャパニーズ紙幣。当時のぼくには、A面のおじさんたちはどれも知らない顔だった。しかしB面のタンチョウヅルとキジのつがい、そして何よりも雄大な富士山の姿に、想像を大いにくすぐられた。

数日後、成田に到着。税関を無事に通過、リムジンバスのカウンターの人に、「イケブクロ……いきます」と告げ、チケットの代金を支払おうと、五百円札を手渡すと、相手の笑顔が急に曇った。隣にいたもう一人のカウンターの人に、その紙幣を見せて何やらコソコソ。「このお金、どちらで手に入れましたか?」と不審尋問された。

「アメリカで……バンクで……」

まさかオハイオ市民銀行でニセ札をつかまされたんじゃないだろうなと、だんだん心配になり、でも相手はそれ以上ぼくをとがめることなく、ただ「これはオールド・マネー……こちらでは使えません」と返して、千円札ならOKといってくれた。あとになって考えれば、一万円とか五千円のニセ札が出回っていても、わざわざ五百円の紙幣を偽造するバカはいないだろう。逆に、製作費がかさんで赤字になりかねない。

しかし不思議なことに、もはや過去のものと分かってからふたたび五百円札を眺めると、その富士山の遠景が哀愁を帯びた気がして、表の蝶ネクタイのお偉方もいきなり気の毒な、なんとなくしけた顔に見えてきた。数年経って、岩倉具視《いわくらともみ》という政治家の鉄の意志と権謀術数について少々知っていくと、今度はその五百円札廃止がまるで一種のクーデターのようにも思えたものだ。

それにしても、アメリカの通貨にまったくクーデターが起きないというのは困った話だ。新デザインが発表されても、偽造防止のあの手この手が施されても、結局は今までのオッサン連中が居座ったままの顔ぶれで、新味はゼロ。百ドル札のベンジャミン・フランクリンとか、一ドル札のジョージ・ワシントンが、またまた続投となっても分からなくもないが、例えば二十ドル札の表にずっと恥ずかしげもなく出ているアンドルー・ジャクソンなんか、大量虐殺をやった戦争犯罪人といっても過言ではない。

日々、夏目漱石や福沢諭吉に触れながら生活を送り、そしてたまに母国の紙幣を手にすると、ガッカリというか、歯がゆいというか、ムカムカするような、あきらめに似た愛着も含んだ、複雑な気持ちになる。

その気持ちを忠実かつユーモラスに表現しているのは、ジョン・グリブルという在日米国人の詩人。彼は「いつ引き上げてアメリカに帰ってくるの？」という、ときおり受ける質問への答えを、一篇の詩に仕上げたのだ。

"So when you moving back to America?"

When Walt Whitman's on the ten dollar bill
and Emily Dickinson's on the five.
When Mark Twain's on the twenty,
Melville the fifty, Scott Joplin the C-note,
and Fats Waller's on the dime.

John Gribble

「いつ引き上げてアメリカに帰ってくるの？」

ジョン・グリブル

十ドル札にウォルト・ホイットマンの顔が載り、
エミリ・ディキンソンが五ドル札に。

マーク・トウェーンが二十ドル札を飾り、
五十ドル札に『白鯨』のメルビルが、
百ドル札にはラグタイムの王様こと
スコット・ジョプリンが顔出しして、
ファッツ・ワラーが十セント玉の表で
ジャズピアノを弾くようになったとき。

# お粗末お札

このあいだ池袋の鰻屋《うなぎや》で「鰻重」を食べ、勘定を払うとき、財布から二千円札を出して、「えーと、すみません、これで……」と女将《おかみ》に渡した。「めったに見かけないお札ですね」というコメントと、五百円玉のお釣りが返ってきた。

それから爪楊枝《つまようじ》をくわえて、家路をたどりながらぼくは考えた。大蔵省印刷局製造「弐千円」日本銀行券というれっきとした紙幣を出しているはずなのに、どうして「すみません」と謝ることになるのか？

思えば、さっきの一枚は、きのう八百屋でスイカとソラマメを買った際、五千円札の釣り銭としてもらったが、たしか「これでいい？」と、おやじさんもぼくに確認した上で渡してくれたのだ。

世にも珍しい「弁明を要するマネー」。ま、二千年問題を始め、パビリオンもサミットも豪華ツアーの数々に至るまで、ミレニアムにちなんだものはみな不発弾で終わってしまったので、二千円札も一応そんな冴えない世界的な流れの中にあった。しかし、よく見てみると、そ

れでは片付けられない根本的な欠陥が、この紙幣の裏にはある。

「裏」とは、つまり紫式部の顔と源氏物語の一場面が載っている側のこと。実をいうと、ぼくは二千円札のこのB面に最初、ちょっとした期待を寄せていた。「鈴虫」の巻が取り上げられると聞いて、ぐっと身近になったからだ。

わが家ではミレニアムの五、六年前からずっと鈴虫を飼っていて、にぎやかなリーンリーンが夏から秋までの日々の生活のBGMだ。にぎやかすぎて、睡眠の妨げになることもある。

可愛いペットたちの祖先が端役をつとめる第三十八帖《じょう》の「鈴虫」という巻では、五十路《いそじ》の坂にかかった光源氏の風流な夏から秋までが描かれている。もしかしたら、彼が女三の宮といっしょに虫の音をサカナに和歌を詠みっこするシーンが、お札に選ばれるのかなという、たわいない希望がこっちにはあった。けれど、大蔵省が取り上げた絵は「月の宴」で、源氏とその息子である冷泉院が久々に再会して向き合っているところ。国宝の『源氏物語絵巻』から借りたというが、真ん中から下まで縦書きのテキストがびっしりかぶさって、父も子も下半身がまるで耳なし芳一状態だ。絵巻物に詳しいわけじゃないが、今まで目にしたものは絵と詞書《ことばがき》と別々に、交互にきていた。こうした重ね合わせ方があるんだろうか。

調べてみれば、オリジナルでは全然重なっていない。それどころかこの絵と、そこにかぶせられた文章とでは、まったく異なる場面が描かれている。父子が顔を合わせるのは巻の第二段だが、引用してある詞書は第一段の「虫の音」も出てくる下りで、チグハグなのだ。

デザイナーという代物《しろもの》は、とかく強引な組み合わせをやらかしたがるので、この程度のことでおさまっているなら仕方ないかと、許せるかもしれない。だが、ついでに古典文学全集の『源氏物語』を開き、お札を飾っている抜粋文を解読しようとすると、今度はいよいよ怒り心頭に発す。タイトルの「すゝむし」以外は、平安文学の専門家でもチンプンカンプンな文脈になっている——。

十五夜のゆふ
に宮おはしては
たまひつゝ念珠
あまきみたち二
つるとてならす
のけはひなとき
いとなみにいそき
るにれいのわ
いとしけく

たとえ古典文学に通じていなくても、「なんじゃこりゃ」とだれもが思う。それもそのはず、本来は――

十五夜のゆふくれに　仏のおまへに宮おはして　はしちかくなかめたまひつゝ念珠したまふ　わかきあまきみたち二三人　はなたてまつるとてならす　あかつきのおと　みつのけはひなときこゆ　さまかはりたるいとなみにいそきあへる　いとあはれなるにれいのわたりたまひて　むしのねいとしけくみたるゝゆふへかなと

なるほど。一九六〇年代に前衛作家のウィリアム・バロウズが『裸のランチ』という作品で、新しい小説技法を実践した。それは「カットアップ・テクニック」と呼ばれ、簡単にいえば、いったん書いた原稿をチョキチョキ切ってゴチャゴチャに混ぜ、ランダムに並べ換えて一丁上がりとする方法だ。一時期マニアの間では流行ったけれど、大蔵省印刷局の公務員たちがそんな一昔前のアバンギャルドの影響を受けていたとは！

ただ、本当にやるならもっと大胆に、思いがけない対置が現われるようにせねばなるまい。行の下方を半分切り落とすだけでは、手抜き工事のカットアップというものだ。

『蜘蛛の糸』の始まりはこうだ。「或日の事でございます。御釈迦様は極楽の蓮池《はすいけ》のふちを、独りでぶらぶら御歩きになつていらつしやいました。池の中に咲いてゐる蓮の花は、みんな玉のやうにまつ白で、そのまん中にある金色の蕊《ずゐ》からは、何とも云へない好い匂《にほひ》が、絶間なくあたりへ溢《あふ》れて居ります」

でも、もし芥川龍之介のお札を作るとなったら、まさか「或日の事でご釈迦様は極楽の蓮りでぶらぶら御つしやいました。てゐる蓮の花は、にまつ白で、そ金色の蕊からは、い匂が、絶へ溢れて居」と引用しないだろう。

では、いったいなぜ紫式部の文章を平気でズタズタにできるのか。

「古文だからどうせだれも読めやしない」と、人々の日本語力を見くびってのデザインなのだろうか。それとも、ひょっとしてジェンダーも絡んでいるのかしら。だとすれば、新五千円札で樋口一葉がどんな憂き目に遭うかが心配だ。

大蔵省のみなさんは、「御里が知れる」という日本語をご存じないのだろうか。

偶然なことに、同じ二〇〇〇年にアメリカでも、弁明を要するようなマネーが発行されたけれど、紙幣ではなくて新しい一ドルの硬貨だった。表側に取り上げられたのは「サカジャウェア」(Sacajawea)というショショーニ族の女性だ。十九世紀初頭、ジェファーソン大統領が送り出した西部探検隊に、彼女は赤ん坊を背負って途中参加し、白人の丈夫《ますらお》たちの案内役と通訳をつとめて、大活躍した。

コインでは、何事にも動じないサカジャウェアと、背中のかわいい坊やが二人そろって、こっちを振り返っている。二十五セント玉のワシントンのつまらない横顔に比べれば、温もりがあるし力強いし、どんなにいいか。しかし問題点は、大きさがその二十五セント玉と、大して変わらないということだ。

「クオーター」という愛称で親しまれる二十五セント玉は、公衆電話やコインランドリーや自販機、米国のあらゆるコイン投入式の場で使われるのだ。その直径は約二・四センチ。そしてサカジャウェアの新参硬貨はというと、直径が二・六センチばかり。金属の色が少し違っていても、大きさがこれだけ近いと結局、みなクオーターと間違えて使用し、「何だ、コイツか」と気づいては財布へ戻し、新鮮さよりもややこしさが先行するに決まっている。

二〇〇〇年の秋に一時帰国したとき、ミシガンの雑貨屋で一個だけ釣り銭でもらったことがあるが、あとはまるっきりお目にかからない。二千円札以上のポシャりようだ。

女性が載った通貨は、打ち出しても支持されないといった、一種の世の習い的な既成事実を、米国造幣局はワザとでっちあげようとしているのか？　いや、ただの無能と思いたいところだが、実は一九七九年にも造幣局のおっさんたちが同じように、二十五セント玉に酷似した一ドル硬貨を発行して、見事失敗している。そのコインの表に取り上げられたのはスーザン・アンソニー（Susan Anthony）という、婦人参政権運動と奴隷制廃止運動のために果敢に闘った女性だった。そして、あまりにも煩わしいデザインに当時は、陰謀説までささやかれた。忘れた頃に、ミレニアムのどさくさに紛れてまたやってくれやがったなと、疑惑を抱かれても仕方がないような二度目の失敗。

早く女性の大統領が誕生しないかなぁ。

# 鯨の方式

今年の書き初めの言葉を何にしようかなと、『故事ことわざ辞典』を「つ」から「て」にかけて、さらに「と」もパラパラ見ていたら、「灯台下《もと》暗し」が目に留まった。……岬の先っぽに凛々《りり》しくニョキッと建ち、中に孤独な灯台守がいて、明かりは遥か沖のほうまで届いても、真下の岩場、暗し……ぼくはこの諺を覚えてからずっと、耳や目にするたびにこう想像してきた。しかし『辞典』によれば、それは勘違いというもの。下暗き灯台とは、昔の室内照明器具、木製の台の上に油皿を乗せて灯心《とうしん》を立てた、つまり「灯明台《とうみょうだい》」である。

いわれてみれば、「身近なこと」をテーマにした諺だし、小ぢんまりとした室内のほうが似合うかも。イマジネーションの海景画を捨てるのが、惜しい感じもしなくはないが……。そう思いながらぼくはふと、自分の言語的足下を見るように、「相当する諺は英語にもあったっけ？」と自問した。

しばらく考えても何も浮かばず、イングリッシュの海はまさに暗し。仕方なく和英辞典にすがる——載っていることは載っているが、あまりピンとくるような英語バージョンではない。

例えば、「ロンドンのホントのニュースを聞きたかったら、田舎に行くがいい」とか。相当する諺がないなら作ってみようと、「ライトハウス」と訳したい衝動を抑え、「蠟燭《ろうそく》」として、両方の辞典のページの端にこう書き込んだ——

At the base of the candle, it's dark.

言語というのは、灯台下暗しになりがちな分野かもしれない。数年前、とある出版社で、とある高校英語教科書の例文チェックをアルバイト的にやっていた。が、予想以上にそれは大変な仕事だった。大学の先生方のお書きになったものなのに、大部分が間違っていてチェックどころか、完全な書き直し。しかも編集者に、元の例文のどこがどう悪いのか、説明しなければ納得してもらえない。

アメリカで生まれて、物心ついたらすでに英語が体内に染み込んでいたぼくにとって、教科書で英文法をカッチリ学んだ相手にいちいち説明するのは、労力のいる作業だ。

内容は忘れたがダメ例文の中に、まったく違うもの同士を比較しようとしているのがあった。ぼくはそれを否定文に変えて"no more"を差し込み、編集者に見せた。自明の理かと思っていたら、「なぜでしょうかね」と返ってきたので、あれこれ説明を試みたが、分かってもらえない。バイトを棒に振って「好きにしろ!」と、ほとんどそういいかけたくなったとき、編集者の表情がパッと晴れて「なんだ、鯨の方式だ」と、うなずいてくれた。

英文法の世界では広く知られている「方式」らしい(ぼくには初耳だったが)。鯨が主語をつとめる名高き例文から命名されたそうだ。

A whale is no more a fish than a horse is.

(鯨の魚にあらざるはなお、馬の魚にあらざるがごとし。)

それはともかくとして、その日ぼくは鯨に救われた思いで、出版社をあとにしたのだ。そして部屋に帰ると、某テレビ局から出演依頼のファクスが届いている。番組は「品川の町探検」。翌日、さっそく下見に出かけた。

東品川一丁目にある利田《かがた》神社の境内へ、ふらっと入ってみると隅っこに、なんと「鯨塚」があった! 一七九八年、江戸湾に迷い込んできた体長十七メートルの白長須鯨《しろながすくじら》が、品川の漁師たちに発見され、天王洲《てんのうず》の内側へ追い込まれ、刺し殺された。江戸市中や近郷近在からの大勢の見物人の目を楽しませ、時の将軍・家斉《いえなり》の御覧にも入れられ、そのうち腐り出してここに埋められたとか。三角形の石碑の前で手を合わせ、ぼくは方式の礼もいった。

利田神社の境内を出て天王洲に向かって二、三十メートル歩くと、「台場小学校」の門に突き当たる。ここは一八五三年、黒船のペリーが現われて「一年後にまた来るからな」といい残して行ったので、泡を食った幕府が突貫工事で築造した「台場」だ。要するに「砲台」、にわか仕込みの防備策の一環。その跡の真上に今、小学校が建っている。

ある意味では、これも「鯨塚」。ペリー来航の一番の目的は、やはり捕鯨だった。太平洋の日本側でも抹香鯨《まっこう》を捕りたい、けれどこっちの港々で薪水《しんすい》・食料を供給してもらわなきゃ困る。よっし、鎖国をこじ開けよう——曲がりなりではあるが、台場も鯨のためにできたわけだ。

しばし校舎を眺めて、そういえば、小学校から英語教育が始まっているはずだなぁ……となると、ここの教室でも「鯨の方式」が教えられるのか……生徒は自分たちの学校の土台が、鯨が元でできたことを、知っているのだろうか。

それとも「砲台下暗し」というやつか。

# 蝉たちの沈黙

「池袋駅」と「静かさ」とでは、なんだか相容れない関係のように思えていたが、先月の初めから、ぼくの中では両者が絡み合っている。

その日、山手線に乗ろうと改札口を通ってホームへ向かうと、階段の手前の壁にバーンと、深い緑の山間の写真が貼《は》ってあった。一畳くらいの大きさで、真ん中に白抜きで何やら書かれ、近寄ってみると、ぼくの母国語だ。

how silent! the cicada's voice soaks into the rocks　Basho

そしてその上に小さく、親切にもカタカナのルビもふられている――「ハウ　サイレント　ザ　シケイダズ　ボイス　ソークス　イントゥ　ザ　ロックス　バショー」と。

おまけに、ちょうどその「シケイダズ」の上に一匹の蝉の絵が、やはり白抜きであしらってあった。

芭蕉だ。『奥の細道』で立石寺《りっしゃくじ》、通称「山寺」まで足を延ばしたときに詠んだ名句「閑《しず》かさや岩にしみ入る蟬の声」の英訳。と同時に、目の前のイングリッシュ・バージョンの味わいが、原作のそれとはまるで違うことが気になった。あえてたとえるなら、芭蕉の元の句がスースーするハーブ入りののど飴で、ポスターに載った英訳は、包装のビニールをつけたままののど飴みたいなものか。後者をしゃぶってみると、形状からして何なのかは見当がつくけれど、広がるはずのうまさが出てこない。

一〇〇パーセントダメというわけでもない。「岩にしみ入る」の部分の訳は、まあ合格ラインといった感じだ。また「蟬」をcicadaに置き換えている点もいい。英語で蟬を指すのにlocustを使う人もいるが、その単語はダイミョウバッタやトノサマバッタやジュウシチネンゼミなど、ともかく数多く発生する虫をみんな一緒くたにした名称だ。読者に生態も姿もはっきり伝わらないし、昆虫に対して失礼だ。蟬はcicadaと訳すのがいい。

ただ、場合によっては複数形のsをつける必要がある。この句の場合は恐らく、というか多分、いや、九分九厘、孤独な一匹ではないだろう。従って所有形の'sのアポストロフィをちょっと右へ移動させてcicadas'に。ついでに「声」も複数のvoicesにして、「しみ入る」をsoakと三人称複数に直しておけば、一応「蟬たちの声々」にはなる。でもこの訳の一番の問題は、出だしのhow silent!だ。

「無声映画」のことを英語でsilent movieとかsilent filmという。被告人が「黙秘する」

ことは remain silent だ。The Silent Spring といえばレイチェル・カーソンの名著『沈黙の春』。銀行に備えてある、音は出ないが警察に連絡がいく警報を silent alarm と呼ぶ。諺の「沈黙は金」では、名詞形が使われて Silence is golden となる。映画『羊たちの沈黙』も、原題は The Silence of the Lambs だった。

　つまり silent の主意は、無音・無声の状態。もちろん「静か」（あるいは「閑か」）の英訳の選択肢の一つに数えられるべきだし、静かな聖夜をうたった「きよしこの夜」は Silent Night なので、前例がないわけではない。しかし「声」が主題になっている作品を how silent! から始めてしまうと、不条理に陥りかねない。

　芭蕉が打ち出している「閑かさ」というのは、音が一切ない状態ではなく、人間の喧噪から離れた閑静さだ。蝉がいっぱい鳴いていても、それを包み込んで「閑かさ」であり続けるほど奥が深い。silent をやめにして、例えば still か calm か、あるいはその名詞形を使ったほうが賢明だろう。peaceful という手もあるか……。

　ここまで気になり出すと、自分で英訳を試みるしかない。

Up here, a stillness ——
the sound of the cicadas

seeps into the crags.

山を登り、寺のあたりまできて、そこでこの特筆に値する「閑かさ」に出合ったわけだから Up here, a stillness とした。蟬自体は the cicadas と複数だが、その声が融合して一つの合唱たる sound となる。

seeps のほうが soaks よりも深くまで、一種のすごみを持ってじわっとくる染み入り方だ。英語でよく岩山の岩を rocks というが、海の岩礁も、どこかで拾って持ち帰れるくらいの大きさの石も、それからグラスにウィスキーを冷やすために入れる氷も、みんな rocks と呼ばれる。それに引き替え crags はそそり立ったごつごつした岩を専門に表わす。映像的にも発音的にも迫力がある。

ぼくなりのバージョンができて、一件落着かと思ったら、今度は違うことが気になり出した――JRの広告ポスターのダテ英語を真に受けて一人で批評し、それにも飽き足らず、張り合って英訳までやるヤツは、ぼくだけだろうか。ひょっとしてそんなものをだれも見もしないのかもしれない。そこで、東京に在住のアメリカ人の友人に、なにげなく聞いてみた。

「駅にまだ貼ってあると思うけど、英語の俳句が載ってるポスターが……」といったら、彼はすかさず、「ああ、あれはひどい。蟬の鳴き声ってサイレントかよ!」と吹き出した。

イギリス人の友人も、こっちが切り出したらなんのことかすぐ分かって、「あの英語のシラブルが五七五になってないし、出だしがおかしい。第一、ダメな英訳にカタカナのルビを振って、人をバカにしてるんだよ」と酷評だった。英語ができる日本人の友人も、ポスターをちゃんと見ていて厳しい意見を持っていた。「あの how silent! がなんだか、蟬が声に出してる台詞《せりふ》みたいに見えて、とても変な感じがした」。いわれてみれば、そんな解釈も立派に成り立つ。「ミィーンミンミン」じゃなく「チーチー」でもなく、「ツクツクボウシ」でもなしに、「ハウサイレントハウサイレント」と鳴いている蟬だったのか！

立石寺を写真や絵でずいぶん見ているが、ぼくは一度も行ったことがない。でも、自分の英訳が本当に合っているかどうか、山形へ出かけて現場で確かめたくなってきた。そう考えると、あのポスターはなかなか効果的な宣伝だ。

話によれば、山寺の境内のどこかに「閑かさや岩にしみ入る蟬の声」の句碑があるらしい。英訳のほうは、まだ石に刻まれていなければいいのだが。

# 誤訳の味

「川は海へと流れ、人間は誤りへと流れる。川の流れのほうがゆるやかだ」

ボルテールが二百四十年ほど前に書いたこの言葉を、ぼくは折りに触れて思い浮かべる。

このごろは、新聞を読む折りが一番多いだろうか。人間の流れが、より一層速くなってきている気がしてならない。

でも、この「誤りへと」という傾向は、もちろんなにも政治経済に限った話ではなく、人間の営み全般に通じるといえよう。例えば翻訳といった分野でも、つい誤訳に向かってどんぶらと行ってしまうことがよくある。散文よりも、詩の訳の方が特にそっちへ流れやすいのかもしれない。原文の飛躍と省略が、訳者の思い込みとジャストミートして、おまけにリズムなんかに気を取られて、あっという間に誤りの海の沖合だ。

「他人の不幸は蜜《みつ》の味」というが、他人の誤訳の味も、場合によって悪くない。原文にない笑いを提供してくれたり、またミス一つで詩がまるで違う作品に化けたりもする。誤訳が、教科書たるものに堂々と載っていると、それだけで甘さがぐっと増すものだ。

七年前のこと、東京のある出版社の片隅で、ぼくは下働き的なアルバイトをしていた。アメリカ人でポエムを書いてるらしい、ということがじりじりと周囲に分かり、ある日、教科書の編集者の一人が近寄ってきて、誇らしげに「わが社のジュニアハイスクールのイングリッシュ・テキストブックにはアメリカの現代詩がちゃんと載ってますよ」と。

見てみると、ブローティガンの Affectionate Light Bulb ではないか。安アパートのトイレにぶら下がる裸電球をうたった、一見たわいない六行ぽっちの作品だ。この程度なら中学生でも原文で読めるだろうと、編集委員はふんだのか。

ともかく、思いがけないところで、久しぶりにフーテンのブローティガンに会えて、ぼくは素直に喜んだ。しかしちらっと、原文の下に掲載された和訳にも目が行ってしまい、今度はあまり素直でない喜びを味わうことになった。元の詩の出だしがこうだ。

I have a 75 watt, glare free, long life
Harmony House light bulb in my toilet.

それに対して、ジャパニーズ・バージョン「友なる電球」（高橋源一郎訳）の出だしは、「さて／便所についているのは／75ワット、眩《まぶ》しく輝き、長持ちするハーモニイハウス社の電球である」となっている。

この和訳の二行目が、ぼくの目には電球よりも眩しかった。どうやら、訳者は free という単語で足を滑らしたらしい。カタカナで考えると「フリー」イコール「自由」、束縛を受けない「無所属」、また「無料」の意味もあるが、英語のfreeはさらに幅広い。「固定していない」とか、スケジュールが「空いている」とか……それから、接尾語みたいに名詞のあとにつくと、「無し」「抜き」「使っていない」「含まれていない」となる。従ってsugar-freeは「無糖」、salt-freeなら「無塩」、tax-freeときたら「非課税」、そして日本語になっているものでいうとbarrier free——障害物（バリア）無し（フリー）だ。

さっきの詩のglare freeも同類のフリー。要するにglare（眩しさ）を取り除いた「艶《つや》消し」の電球である。製造元のハーモニー・ハウス社は、眩しくないように加工して、そのソフトな光をセールスポイントにしている。いや、ホントのことをいうと“75 watt, glare free, long life / Harmony House”のくだりは全部、トイレの裸電球に印刷されてあった言葉そっくりそのままだ。ブローティガンはそれを引っぱってきて、詩に使った。

となればlong lifeも、簡単に「長持ちする」と鵜呑《うの》みにしてはいけない。あくまでメーカー側の言い分だ。原文では一目瞭然《りょうぜん》なので、やはり日本語でも、「能書き」の引用と分かるようにしなければ、偽りあり。

原文と和訳の下に、生徒への指示も、もっともらしく載っていた。「身の回りの人やものをよく見つめ、英語で表現してみましょう。上の英語の詩や、その日本語訳を参考にしましょう」

それを読んで、ぼくは「参考にする訳についても、常に懐疑的でいましょう」と、指示をもう一つ加えるよう編集者に提案したが、どうなったことやら。「文部省検定済」だったし……。

教科書のみならず、例えば「世界文学大系」の中の、押しも押されもせぬ『名詩集』にも、眩しい誤訳が載っている。六百ページもあるこの日本語訳だけの大冊は、数年前からわが家の本棚にでんと座っているが、いまだに読了できていない。たまに手に取って、ギリシア詞華集《しかしゅう》の章をぱらぱら見たり、ゲーテの「酌人の書」をちびちび読んだりして、また本棚へ戻す。

最後のほうに二十世紀のアメリカの詩も載っているが、いつかウォレス・スティーヴンズの章を開いてみたら、「お茶の時間」というタイトルが目についた。そういえば、ぼくの好きなスティーヴンズの詩に、「Tea」と題したのがあった。あれは短い作品だったけれど、この「お茶の時間」（福田陸太郎訳）もたった八行。同じかも……と思って読み出すと、おやッ、なんじゃこりゃ？　ぼくの記憶の中の「Tea」とだいたい重なるものの、それでもまったくの別天地だ。訳というよりもお化けバージョンか。

原作は映像的で、カメラアイが低いアングルで寒い公園をうつしてから、暖かい室内へと移動、明かりの下のぬくぬくしたクッションにズームインして、紅茶を飲む男女二人を画面に出さずに、間接的に艶っぽく描く。巧みな比喩は、読者のイマジネーションをくすぐるけれど、表現される世界は全て日常の範囲内だ。それに引き替え、日本語訳のほうはいきなりファンタジーへと飛び立ち、帰ってこようとしない。それぞれの出だしは次の通り。

When the elephant's-ear in the park
Shrivelled in frost

公園の象の耳が
霜でちぢまったとき

大葉のベゴニアのことを、英語ではelephant's-earと呼ぶ。その葉がどことなく象の耳に似ているからだ。アメリカなら、そこらへんの公園にあってもおかしくない植物だし、霜で少し萎《しな》びる(shrivel)ことも十分あり得る。でもホンモノの象が公園をうろついていたら、それは珍しい。しかもその巨体に霜が降りて、耳が縮まるまで冷え込んだとしたら、風邪をひかないだろうか。とまれ、これは原文とは関係ない、ジャパニーズ・バージョン限定の象なのだ。

原文の後半はこうだ。

Your lamp-light fell
On shining pillows,
Of sea-shades and sky-shades,
Like umbrellas in Java.

多分、二人きりで彼女の部屋にしけこみ、電気スタンドが点《つ》いていて、クッションは(この

pillow は枕ではないと思うので）そのやわらかい明かりを浴びているのだろう。この場合は shade イコール色。海も空も一色ではないので、複数の s がつく。海っぽい色合いと青空っぽい色合いとが、クッションのカバーにあり、詩人はそこでジャワ島のカラフルな日傘を連想して、それがまたタイトルと響き合ってジャワティーの後味が残る。

しかし、和訳はこのあたりもかなりズレている。「お前のランプの光は／ジャワの日傘のような／海のシェードと空のシェードの、／輝く枕の上に落ちた。」ひょっとして shade が分からず、そのままカタカナに置き替えたのか。これは「ランプのかさ」を意味するのだろうか、それとも「日よけ」か。最後に枕が出てくるとベッドインみたいな感じがして、ジャワティーどころではないが、それにしても象が強烈すぎて、最後まで尾をひくのだ。

ちなみに elephant's-foot と呼ばれる、アフリカ原産の植物もある。日本語では「ツルカメ草」というらしい。和訳の際、また英訳の際でも、動物に変身させないよう、気をつけよう。

# Ⅱ　メロンの立場

# メロンの立場

戦争が話題にのぼり、どっちが悪いか、宥和《ゆうわ》政策はいけないのか、国益を守るためにどこまでやるべきかなど、議論が複雑になってくると、ぼくは義理の父親の言葉を思い出す。軍隊の経験があった義父は、いつか〝戦争責任早解り法〟とでもいうべき話をしてくれた。「地図を広げ、どこで、だれがやっているか、それさえ見ればだいたい、戦争責任の所在は明らかだ」

テレビのニュースをつけると、アナウンサーが神妙な顔をして、例えばファルージャで拡大中の「掃討作戦」の経過を話す。うっかりその報道を、事実として頭にインプットした場合、問題が霞《かす》むだけだ。まず一歩ひいて、イラクの地図を広げ、そもそもここで米軍が戦争をやっているのは何故なんだ？　と問わなければならない。

ぼくの母方の祖父は、とても気短な人だった。こっちが何か議論しようとすると十中八九、途中から怒鳴りつけられるハメになった。でも世の中を見る目は鋭く、むかし第二次世界大戦の話をしていたとき、ぼくが「デモクラシーVSファシズムの戦い」と歴史教科書の受け売りみ

たいなことをいったら、即座に笑われてしまった。祖父いわく、「そんなものはショーウィンドーの飾りにすぎない。戦争っていうのは、金儲《もう》けのためにやるに決まってる。思想なんかあとからくっつくんだ」

二十二歳のとき、ぼくはインドのマドラス市で四か月ほど、タミル語の勉強に没頭した。プライベートレッスンで教わった先生は、インドの語学の偉い研究者で、大学をリタイアして時間的余裕ができ、ボランティア精神に基づいてビギナーのぼくを拾ってくれた。ぼくより英語が堪能なその先生は博学この上なく、レッスンは毎回おもしろく寄り道しながら進んだ。ある日、大英帝国とインド独立の戦いに話が及び、先生はこんな諺《ことわざ》を教えてくれた。「包丁がメロンの上に落ちても、メロンが包丁の上に落ちても、切られるのはメロンだ」

そのときの「メロン」は、インドの一般市民を指していたが、今のイラク市民も、そっくり同じ立場だ。

第三十三代米国大統領のハリー・トルーマンは、政策的には評価できるところがほとんどないけれど、それでも痛快な名言を数多く残している。例えば「この世で新しいのは、お前らが知らない歴史だけだ」。要するに今、世界各地で行われていることはみんな過去の二番煎《せん》じにすぎないが、過去を見抜いていない連中が、新しい動きだと思い込む、というわけだ。

最近、アメリカ国内ではようやく、イラクの「ベトナム化」が徐々に認められ、自分たちが性懲《しょうこ》りもなく歴史を繰り返していることに、人々が目覚め始めているようだ。二千トンほどの劣化ウラン弾をばらまいて一般市民を一万人以上殺害しても、反省の色は見えなかったが、アメリカ側の兵士が犠牲になり出すとやっと気がつく――そのあたりの鈍感さも、過去の繰り返しといえなくもないが。ベトナムのときは、米兵が五万数千人死んで初めて、世論が反戦のほうへ向かったが、ベトナム側の死者はすでに三百万人に達していた。

「地図を広げ、どこで、だれがやっているか」。毎日のニュースの補足として、世界地図が手元にないと困る時代だ。特に中東の地図は、壁にも貼《は》っておくといいのかもしれない。

ブッシュ政権の要人たちは中東の地図としょっちゅうにらめっこしているが、彼らには「戦争責任の所在」など、見えてはこないのだろう。「どうしてオレたちの石油がイラク人の砂の下にあるんだろう……」、思考はそのくらいか。

# 二〇〇三年宇宙の徒費

秋が深まってくると、ぼくはクリスマス・プレゼントに悩む。アメリカにいる母と妹と甥《おい》たちに、何をどう送るか？　もちろん、師走に一時帰国することになれば、バタバタッと出発直前に買って、背負って運べば済むけれど、帰らない年はプランニングが必要だ。

優等生的なシナリオでいくと、十月に聞き取り調査を行って品物をそろえ始め、十一月中旬には梱包《こんぽう》、船便で発送。だいたい一か月で米国に着く。

プレゼントの用意が、十一月下旬か十二月上旬にずれ込むと、遅れを覚悟で船便ニューイヤー着を選ぶか、それとも航空便でサンタの締め切り厳守か、決断に迷う。当然、後者のほうが高くつく。

発送が十二月半ばすぎになってしまった場合は、涙を呑《の》んで「EMS国際スピード郵便」にすがるしかない。送り賃が中身の市場価値の数倍かかること請け合いだ。

でもぼくの経験でいうと、船便を使っても送料とプレゼントの値段が、おっつかっつのケースが少なからずある。大した品をプレゼントしていないからだが、ともかく毎年、郵便局の窓口で、バカらしさを噛《か》み締めながら今年もいよいよ終盤に入ったなと実感する。

そして、その延長でぼくの思いは、宇宙へと発射。スペース・シャトルは今度いつ飛ぶだろう？　そのために税金はいくら吹っ飛ぶのか？　有人宇宙船も、ぼくのクリスマス・デリバリーとまったく同類だ、割に合わないという点で。ただし、前者は兆円単位で高くつく。スペース・シャトルの通い路で、現在「国際宇宙ステーション」なるものがグルグル回っているあたりは low-Earth orbit と呼ばれる、地球に近い軌道だ。近い分、比較的安全なハズだったけれど、ＵＳＡやＵＳＳＲがそこに残した大量のゴミが、今や危険な障害物と化しているそうだ。

ところが、その宇宙のゴミがもし、みんな純金だったらどうか？　今朝の新聞を覗《のぞ》けば、金の相場は一グラム＝一三一三円とある。物理学者のロバート・パークの慎重な計算によると、スペース・シャトルで宇宙の近場から何かを地上に持ってくるのに、一グラム当たり約三三〇〇円の運び賃がかかる。つまり宇宙で得られるものが、たとえ金塊であったとしても二・五倍以上のコストがかかり、どうやっても天文学的大赤字。何百トンもある国際宇宙ステーションの部品をピュアーゴールドで作ろうと、プラチナを使おうと、それよりも現場へ届ける費用のほうが断然かさむ。

人間が宇宙へ出かけて、実際に得られるものはといえば、下痢と不眠。長期滞在すれば骨がスカスカ、筋肉も心臓も衰え、免疫力が低下、うつ病にもかかりかねない。いわば実験動物としてミールにのった宇宙飛行士たちが、そういった人体への影響を詳しく調べてくれたけれど、それ以外の研究成果はゼロといっていいほど得るものはなかった。この二十余年の間にスペース・シャトルで行われてきた数々の実験も、まるで収穫がなく（残念ながらメダカ関連のも含めて）、増えるは予算額と宇宙のゴミばかり。

ならば国際宇宙ステーションはなぜ作るのか？　いわずもがな、一般市民の目の届きにくいところで、箱物行政を軌道にのせるためだ。癒着構造の宇宙の旅。

それに、ＰＲキャンペーンの色合いも濃い。宇宙で大きな発見をしてくれるのは、無人探査機である。しかしマスコミはその活躍ぶりをほとんど取り上げない。でも勇敢な人間が下痢に耐えて、世界一料金の高いシャトルバスで生還すれば、ある程度は騒いでくれる。予算を確保するにはマスコミの騒ぎがかかせない。

宇宙飛行士を夢見る者にとってはショックだろうが、一九七二年のアポロ一七号で、あの華やかな職業は終わった。族議員が泣いても、国際宇宙ステーションの建設を打ち切り、その予算を地球号の環境対策に回すべきだ。数十億の乗客にとって、それが一番のプレゼントになる。

# テレビの取っ手

テレビジョンと宇宙開発は半世紀の長きにわたり、技術面でも、売らんかなのプロモーション・ストラテジーでも、幾重にもタイアップして密接な関係を保ってきた。税金がいくら使われようと、シャトルが爆発しようと空中分解しようと、両者は表立ったゴタゴタもなく、いよいよ金婚式をめでたく迎えるのだ。

まれに見る睦《むつ》まじい仲だが、振り返ればアポロ一一号の月面着陸あたりが、やはり「蜜月《みつげつ》」といってよかろう。そもそも世論面でテレビの肩入れがなかったら、アポロ計画の莫大《ばくだい》な予算はどうにも取れなかったはず。一方ではアームストロング船長の「一人の人間にとっては小さな一歩」が、テレビの普及率と社会的地位にとってはビッグなバネとなった。なにしろ世界中で、億単位の人々が固唾《かたず》をのんでその中継放送に見入ったのだから。二歳になったばかりのぼくも、生後一週間の妹といっしょにテレビの前に据《す》えられ、目撃したらしい。

一九六九年七月二十日午後四時過ぎ。あの記念すべきムーンウォークをわが家四人は、はたして居間か、それともダイニングルームで、どの椅子《いす》に腰かけて、何インチの画面に見入っていたのか？　ぼくの記憶にないその場面が気になって、このあいだ国際電話で母親に聞いてみた。

「あのテレビは、お父さんが私に黙って分割払いで買ってきたニューモデルだったわね。たしかリビングルームのソファに、並んで座ってたけど……」。母はそう話し出したものの、「でも本当にムーンウォークしたのかしらね。ひょっとしたらあれは、みんなだまされただけだったのかも。テレビってウサン臭くて、どうにでも歪曲《わいきょく》して伝えられるから。今の〈テロとの戦い〉だって……」と、途中からは米政府デッチアゲ説に切り替わった。

アームストロング船長とオルドリン飛行士が降り立ったのは、実は「静かの海」ではなくて、ネバダ州の砂漠の秘密軍事基地内に建てられた特撮スタジオだった——そんな風説は前々から欧米で広く流布して、さまざまな本も出版されてきた。

最近になって『アポロってほんとうに月に行ったの？』（朝日新聞社　二〇〇二年）や『アポロは月に行ったのか？　Dark Moon 月の告発者たち』（雷韻出版　二〇〇二年）といった、日本語でも疑問を投げかける本が出ている。なので母親の話の内容にぼくは驚かなかったけれど、しかしわが母まで懐疑の念を抱いていたとは、それにはいささかビックリした。アメリカ国民の不信感にとっては、大きな一歩か、なんて思ったりして。

映像技術で人々を欺くことが、だれよりも得意だったヒトラーは、『わが闘争』の中でこう書いている――「大衆は小さな嘘よりも、大それた嘘にひっかかりやすいものだ」

長生きしてほしいような相手ではもちろんないが、もし彼がベルリンの地下壕《ちかごう》で自殺しそこなって連合軍に生け捕られていたならば……と空想することがある。のちの米ソ冷戦と、そのプロパガンダの一環として繰り広げられた宇宙開発競争を、獄中のヒトラーはどんなふうに捉《とら》えただろうか。

でも実際、ナチスとNASAは、ばっちりリンクしている。ヒトラーの下《もと》で、奴隷にされた何万もの人間の労働力を存分に利用し、人体実験やり放題で研究成果を上げたナチス科学者たちは、戦後になってアメリカへ。そしてディズニー社などに迎えられ、テレビ番組で宇宙開発を効果的にPRした。また、米政府の進める航空医学の研究や、原子力の研究にも大いに貢献した（ウォルト・ディズニーとナチスの近しい仲について興味のある方には、エリック・シュローサー著『ファストフードが世界を食いつくす』（草思社　二〇〇一年）がおすすめ）。

ぼくは牧師の話に対して、たとえテレビが媒体でなくても、いつも懐疑的だが、ヘンリー・ワード・ビーチャーの残した言葉は、例外的にピンとくる。一八一三年に生まれた彼は、一貫して奴隷解放を訴えて、論争調の新聞の編集長もつとめた。

「この世で最悪なのは無政府状態。その次に最悪なのが政治だ」――。皮肉を利かした名言が多い。

ビーチャーは、たびたびその視線を世の指導者の欺瞞《ぎまん》にも向けた。例えば「嘘にはだいたい取っ手がついている。真実のかけらでできた取っ手が」

テレビの画面から差し出されてくる取っ手を、つかむ前に、よく点検することだ。

# 電気紙芝居

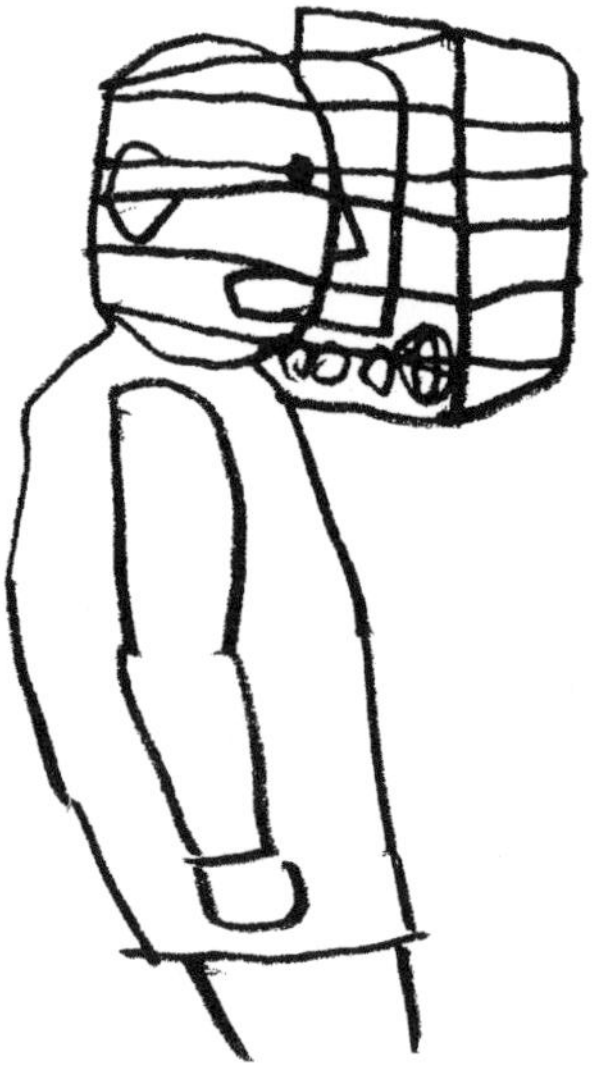

「わたしはテレビが嫌いだ。そしてピーナッツも、同じくらい嫌いなんだ。しかしピーナッツを食べ出すと、やめられない」

天才監督オーソン・ウェルズは、あとを引くテレビの魔力をそう語った。一九五六年十月十二日付の『ニューヨーク・ヘラルド・トリビューン』の中で。

ぼくは自分のピーナッツ中毒症を素直に認めていて、好きな食べ物を聞かれると、「落花生、中でも千葉産のヤツ、とりわけその甘味噌《あまみそ》あえに目がない」などと答える。

でも「テレビ」となると、さすがに好きとはいえず、「まだ日本語が解らない頃は毎日見てメチャクチャ面白かったけど、聞き取れるようになったらあまりにくだらなくて……」と、さも卒業したかのようにごまかす。

実際は、依然として見始めてしまえば、つい夢中になる。それも日本語英語問わず、何語のテレビでも同様だ。

近年の傾向として、気がつくとわが家のテレビに向かって、ひとり何やかやしゃべっていることがある。だいたいニュース番組の類いに吸い込まれてのときだが、相手に聞こえなくても、反論をぶっつけずにはいられないのだ。そしてそれが罵倒《ばとう》へとエスカレートする場合も少なくない。ジョージ・オーウェルが『一九八四年』で描いた「テレビに耳あり壁の物言う世」が、到来しないことを願うばかりだ。

腹立たしい歪曲報道の連続であっても、ニュース番組は、別の次元でけっこう楽しめる。例えば、現場中継の無意味さを見届けるのは愉快だ。

来日してこの十数年の間に、ニッポンの津々浦々の「警察署前」をブラウン管で拝見してきたが、何が分かったかといえば、警察署は建築学の美的感覚とは無縁であるということ。それ以外の情報は、きっとスタジオのアナウンサーが話してくれたほうが、より明快に伝わったに違いない。「新しい情報が入り次第……」といっておきながら、何も新しく入っちゃいないのに、またもや○○警察署前に突っ立っている○○さんに、電波がわたされる。

どうせなら、周りを少し散歩して原っぱに現在どんな花が咲いているか、小川で何という魚が泳いでいるか、ついでに水質でも調べてその土地ならではの今をキャッチしたらどうだと思う。画面に向かって助言もするが、○○さんは相変わらずシリアスな面持ちで、臨場感をなんとか醸し出そうと、警察の発表を繰り返すのみ。

警察署前ではない、町中のどこかからの生中継となれば、得てしてＮＨＫが最も興味深い。

というのは公共放送の体裁上、民間企業の宣伝をしてはならず、でも町に出ようものなら民間企業の看板が氾濫《はんらん》している。そこで現場の人間が知恵を絞り、培ってきたテクニックを駆使して、アナウンサーの頭や肩で看板が隠れるようにセッティングする。ちょうど「みずほ」が見えず、○○さんの右耳周辺から青い「銀行」だけがはみ出るアングルだったりすると、スタッフの努力がもろにうかがえる。ときには、背後にエキストラまで立たせられているのではと思えるショットも出てくる。

情報を伝えるはずのテレビが、実は隠すための媒体にされていることを、その画面は親切に分かりやすい形で教えてくれる。

一時帰国すると、アメリカのテレビをついいっぱい見てしまい、無意識のうちに日米比較の歯車が回り出す。尺度はぼくの感覚に過ぎないけれど、テレビのくだらなさの度合いにおいて、日米の差はほとんどないように思う。大宅壮一の「一億総白痴化」の評価を、人数だけ二倍ちょっとに増やせば、そのまま通用する感じだ。

ニュースの歪曲度については、アメリカが先を行っている面もあるが、ひょっとしたら一番の違いは、一見表面的な点かもしれない——コンピュータグラフィックスかボードか、どちらでビジュアルを見せるかだ。

ある事件の経過や、話題に関連する統計や、グラフ、またはQ&A形式で何かを示す場合、アメリカのテレビ局はマルチ画面というか、CGで作った映像に切り替えることが多い。それに対して、日本ではアナウンサーが厚紙かベニヤ板でできた「フリップ」を手に、指をさしながら説明していく。途中で「めくり」と呼ばれる、フリップに貼られたシールをタイミングよく剝《は》がしたりもする。

このスタイルの違いを、知日派のアメリカ人に話すとたいがいは、「ジャパンはIT技術が進んでいるのに、生活にそれを取り入れるのが遅れているのだ」と、知ったふうなコメントが返ってくる。そしてそれを聞けば、神妙にうなずく日本人も大勢いる。しかしそれは浅はかな考えというもの。

日本のテレビの根底に、ITバブルのひとつやふたつではかき消されない、世界に誇れる語りの文化たる紙芝居がある。だからフリップは今も健在なのだ、とぼくは思う。

「ゆっくり抜きながら」とか「さっと抜く」とか、紙芝居のト書は今、テレビの「めくり」の演出に応用されている。紙芝居の土壌がないアメリカのテレビは、映画から受け継いだ「ワイプ」というのをたまに使うけれど、緩急よろしきを得た生身の人間がペローッと剝がしたほうが、どんなに効果的か（と、ぼくが独りごちたとき、妻はアレもひとつひとつゴミになるのよといった）。

紙芝居のおじさんの拍子木《ひょうしぎ》が町に響きわたらなくなって久しいが、テレビの現場ではフリップを数枚、順繰りに見せて説明することを「紙芝居をやる」という。また、業界独特の区分けのひとつに、「フリップ」の呼び名は民放に限って使用され、ＮＨＫでは同じ小道具を「パターン」と呼ぶのだ。どちらが正統かはともかく、ネーミングが分かれるということ自体が、紙芝居の落とし子の存在の大きさを物語っている。

英語ではテレビのことを俗に“idiot box”というけれど、これも日本語に置き換えた場合、地方によってネーミングが分かれる？

「あほう箱」、「ばか箱」、津軽なら「はんかくせ箱」とか。

# ぐるりとまわして魚の目

茶わん蒸しが好きで、献立表に載ってさえいれば頼みたくなる。運ばれてくるとしばしの間、他の料理を食べながら蓋《ふた》したままの熱々の器を横目で見て、具は何が入ってるかなぁとわくわくする。

はっきりいって何が入っていても良い。にんじん、さやえんどう、しめじ、しいたけ、えのきだけ、鶏、海老、蒲鉾《かまぼこ》だってみんな好物だ。けれど逆に、茶わん蒸しに入っていないと許せないものが、一つだけある。銀杏《ぎんなん》だ。

最初の一口から、ぼくは銀杏のあの歯ごたえとほろ苦さに向かって、茶わん蒸しに取りかかる。一番の目当てであり、クライマックスなのだ。ときたま、回転寿司屋などで注文すると、銀杏抜きの茶わん蒸しをつかませられることがある。スルッと終わって、残るはペテンにかけられたような後味ばかり。

『東京新聞』の夕刊を手にすると、ぼくの目はいつも、ひとりでに「大波小波」という匿名時

評のコラムを探す。まるで「茶わん蒸し」を献立表で探し求めるみたいに、多少わくわくしながら。ところがここ数年、「大波小波」は、銀杏抜き状態でしょっちゅう出されてくるのだ。本来なら、匿名だからこそいえることがあるはず——聖域なき批判、遠慮なき本音、ぴりっと辛い風刺。ぼくはそういった要素を目当てに読み始めるが、毒にも薬にもならない、生ぬるいご意見の域を出ない原稿が大半を占める。中には、べた褒《ぼ》めに終始しているものもある。他人を匿名で称賛するということは、ひょっとしたら近しい間柄なので、仲間褒め隠蔽《いんぺい》工作か？

たった六百字しかスペースがないのに、悠々と「です」「ます」で綴《つづ》る書き手もいる。もちろん、その文体自体に皮肉か揶揄《やゆ》、あるいは自嘲《じちょう》が込められていれば構わないけれど、読み返してみても、そんな形跡はどこにもない。おそらく、いつもの自分のスタイルとペースを惰性で通しているだけのことなのだろう。ならば署名原稿に集中して、匿名ものはやる気ある書き手に譲るがよろしい。

「大波小波」の末尾に毎回、署名の代わりに〈源氏名〉というか、取り上げた話題にちなんだ筆名が記される。凝ったのが少なからずあって、ネーミングを捻《ひね》るのにもしかして神経を使いすぎ、本文がお留守になったのではと思えてしまう。

古新聞をぱらぱらめくっていくと例えば、今年二月二十日の夕刊に「老残小説」という題のもとで、筆者は行き当たりばったりに日本文学のまめ知識を羅列、そして「卒都婆小町《そとばこまち》」の名で結んでいる。なるほど謡曲における老残も、そこでそっと盛り込んだわけか。でもホントの狙《ねら》いは、読み手の読後感に広がりを持たせることではなく、己の知識をさらにもうひとつひけらかしたかっただけか？　ま、その意味では本文とぴったりリンクするのだが。

　世に歯切れの悪いコラムが溢《あふ》れかえっているというのに、「大波小波」ばかり責めるのには、実は個人的な理由もある。ぼくの好きな詩人、小熊秀雄がかつてこの欄を執筆していたのだ。昭和十二年から十四年にかけて、当時の『都新聞』に二十五回ほど。それらの文章が『小熊秀雄全集』（創樹社）の第五巻に収められ、今でも精彩を放っている。六十数年経ってもその小気味よさ、包丁の冴《さ》えは目覚ましく、ぼくにとってはこれぞ「大波小波」の本来の姿だ。極上の銀杏が何個も入った茶わん蒸しのよう。

「辻野鉄兵」だの「権四郎」だの、小熊はいくつかの筆名で書いていたが、小林秀雄をバッサリやった回は本名を使った。文学と政治の癒着、言語と国際情勢の関係、当局の「作家忌避」から「パアマネント禁止」まで、勇敢に問題の核心を摘出。いっそのこと、今の『東京新聞』の編集者は依頼する際、昭和十二、三、四年の「大波小波」のコピーを見本として添えたらどうだろう。

　ぼく自身、初めて小熊秀雄を読んだのは、見本なる教材としてだった。日本語学校の中級クラスである日、先生が『焼かれた魚』という童話のコピーを配り、一週間かけてみなで読破。分量的には、短篇でもスケールが大きく、皿の上から再出発する秋刀魚《さんま》の波乱に富んだ苦難の旅は、焼き魚の好き嫌いに関係なく身につまされる。

それは作品の悲しさが、人工的に醸し出されたものというよりも、人間も含めて生物に共通する生態的な悲しみを、小熊が見抜いて、表現しているからだ――教室で最初に読んだとき、ぼくはそう感じて夢中になり、早速イングリッシュ・バージョンに取りかかった。それから英訳作業の中で、感銘を一層深くした。ハッピーエンドではないその終わり方は、潮の干満のような必然性を孕《はら》んでいて、英語の読者をも唸《うな》らせる。

対象が、子どもであろうと『都新聞』の読者であろうと、詩人・小熊秀雄の基本姿勢は変わらない。同じ洞察眼とすわった肝っ玉とが、傑作童話を生み「大波小波」の最高峰を築いた。

そう考えると、『焼かれた魚』に匹敵するような童話を、現代日本に作り出せそうな書き手は見当たらない。「個人情報保護法」が成立してしまえば、小熊が立ち向かった言論弾圧も、昔話ではなくなるのだ。

＊「個人情報保護法」は、二〇〇三年五月発布、二〇〇五年四月施行予定。

# ブレアーのゴッドハンド

西アフリカのアシャンティ族に、こんな諺があるという。

「一個の嘘が千個の真実を腐らせる」

嘘の大小や性格によって、きっと計算誤差はあるだろうが、一応「千個」を目安に、例えば今回の「湾岸ワンモアタイム戦争」を振り返ってみると、おびただしい数の真実が腐敗に処せられたことになる。

戦時下はおろか、攻撃開始前の世論の「下ごしらえ」段階だけでも、毎日、万単位で真実が腐らされていったのだから。中でもとりわけ強烈な腐敗臭を漂わせたのは、英国政府が二〇〇三年二月初めに「サダムに関するマル秘スパイ調書」としてものものしく世に出したシロモノだ。実際の中身は盗作した文章の寄せ集めで、信憑性《しんぴょうせい》は皆無、あっという間に専門家に見破られ、数日して英語のマスコミで「裏目に出た策略」と大きく皮肉られた。

ぼくはそのとき、ちょうどニュージーランドにいて、ホテルの部屋にサービスで届いた

The New Zealand Herald紙で「調書」のことを知り、滞在中にテレビのニュースでも何度か見た。もちろんSHOCK AND AWE（衝撃と恐怖）の作戦名が発表される以前の出来事だったが、ぼくは早々と英米の浅はかさに衝撃を受け、両政権のプロパガンダの質の悪さに、改めて恐れ入ったのだ。

この「調書茶番劇」は当然、日本でも話題になって紙面や誌面を賑《にぎ》わしていることだろう。だれがどういう社説を書いているか、スポーツ新聞はどんな見出しを捻り出したか（自分が編集長なら「濡《ぬ》れ衣《ぎぬ》テーラーの英国、神の手も借りた！」とか）、ニッポン政府はどうコメントしたのか。そう思って東京へ戻り、わが家の玄関にたまっている新聞を漁《あさ》ってみると、関連記事が見当たらない。図書館で探しても出てこないし、友人知人に聞いても「そんなことがあったの？」とだれも知らなかった。

大まかな流れはこうだった——軍隊をイラクに進行させる前に世論をどうにかしなきゃと焦り始めたブレアー政権は、ブレーンストーミングをして、急遽《きゅうきょ》、サダム・フセインに関するSecret Spy Dossier（調書）を作り上げることに決めた。でき上がり次第すぐ公表するわけだから、本当は「シークレット」ではないのだ。けれど、ミステリアスなゼロゼロセブンばりのスパイたちが作成したという雰囲気を醸しておけば、あとは「確かな情報筋から」でごまかしても、出所について問い詰められずに済む。そうブレアーのスタッフは踏んだらしい。

ところがだ。肝心な「確かな情報」の持ち合わせがなかったと見えて、とりあえずインターネットなどで「テロ」だの「サダム」だの「大量破壊兵器」だの、使えそうなテーマで検索、ついにドンピシャリのものを嗅《か》ぎつけた。カリフォルニア州のモンテレーに住むイブラヒム・アルマラシという大学院生が、フセイン政権のあの手この手について書いた論文。ただし、それは一九九一年の情報に基づいての研究だった。しかも「スパイ調書」とするには、大学院生口調は穏やかすぎたのだ。

英国のエリート、ブレアーのブレーンたちは、そこで恥ずかしげもなく論文に手を加えた。例えば、フセイン政権が各国の在イラク大使館を対象に「監視した」とあった箇所を、「スパイ行為をした」に変え、「反対派組織」を「テロ組織」に化けさせ、もちろん抜かりなく、十二年前の昔話であるということを伏せた。それでも、これだけじゃさびしいと思ったのか、ネット上の『ジェーンズ・インテリジェンス・レビュー』という軍事専門誌から記事をダウンロードして、切ったり貼ったりで青年アルマラシ君の文とミックスさせた。

そんな「調書」が発表されると、まず最初に米政府のパウエル国務長官は「すばらしい資料だ」と称賛した。それから興味のある一般人が読み出したわけだが、そのうちの一人、ケンブリッジ大学の政治学部の講師をつとめるグレン・ラングワラ氏が、「これってデジャビュ?」と不思議に思い、いぶかしがって調べ出し、ブレアー政権の盗作がバレてしまった。なにしろ、アルマラシ君の穏やかさは直したものの、彼の英文法の間違いはそのままだったのだ。また、『ジェーンズ・インテリジェンス・レビュー』の記事と合体させる際に、うっかり、異なる二つの「テロ組織」を混同してしまっていた。

専門家とマスコミから追及されても、結局、ブレアー政権は「書いてあることは正しい」と開き直り、そのままブッシュ政権と手を携えて、イラク攻撃に踏み切った。

なんたることか。

それでも、この「マル秘スパイ捏造《ねつぞう》調書」は、両政権の本質を知る上では、「すばらしい資料」だ。

東アフリカのスワヒリ語には、こんな諺がある。「一個の嘘が七通りの終わりを持つ」

英米の思い描く終わり方で、果たして話はおさまるのか。

# 鉄のベッド、テロリストのリスト

最近、「治安」がやたらと取《と》り沙汰《ざた》される。イラク各地、なかんずくサマワの治安状態、一向に回復を見せないアフガンの治安、日本国内でも警察が張り切って「緊急治安対策プログラム」を打ち出している。でも、こんな現代のどんな修羅場にも負けないくらい物騒な地域が、ギリシア神話の中にあった。

それはアテネとメガラを結ぶ街道筋。話によれば恐ろしい盗賊や殺人鬼がウヨウヨと、旅人を待ち構えていたらしい。例えば、超人的にレスリングが強い追いはぎが、通りかかった者に試合を挑み、もてあそんでぶっつぶす。かと思うと、化け物の大亀の餌食《えじき》にするために、通行人を捕らえて海に蹴落《けお》としてしまう悪漢も出没。また、捕まえた者の足を木の枝に縛りつけて、豪快に二股《ふたまた》裂きにするのが趣味の凶漢も。

中でもとりわけ残忍だったのが「プロクルステス」という強盗。彼は旅人を捕まえると、隠れ家へ連れて行き、鉄でできた自分のベッドに寝かせてみる。相手の身長が、ベッドより短ければ、体を無理やりグーッと引き伸ばす。逆に丈の長い旅人だと、ベッドからはみ出た分をス

パッと切り落とす。

強引に物事を型にはめるやり方や、融通の利かない画一的な主義主張などを、英語ではよく"Procrustean bed"（プロクルステスのベッド）と呼んで批判することがある。現に、その比喩に値するものが今のアメリカにはごまんとあるが、特にブッシュ政権の「テロとの戦い」は、理不尽なごり押しにあふれている。あまりに強引で、見ているとだんだん英語そのものも、一種のProcrustean bedと化しているように思えてくる。去年のクリスマスイブに起きたテロの「ニアミス」は、典型的な例だ。

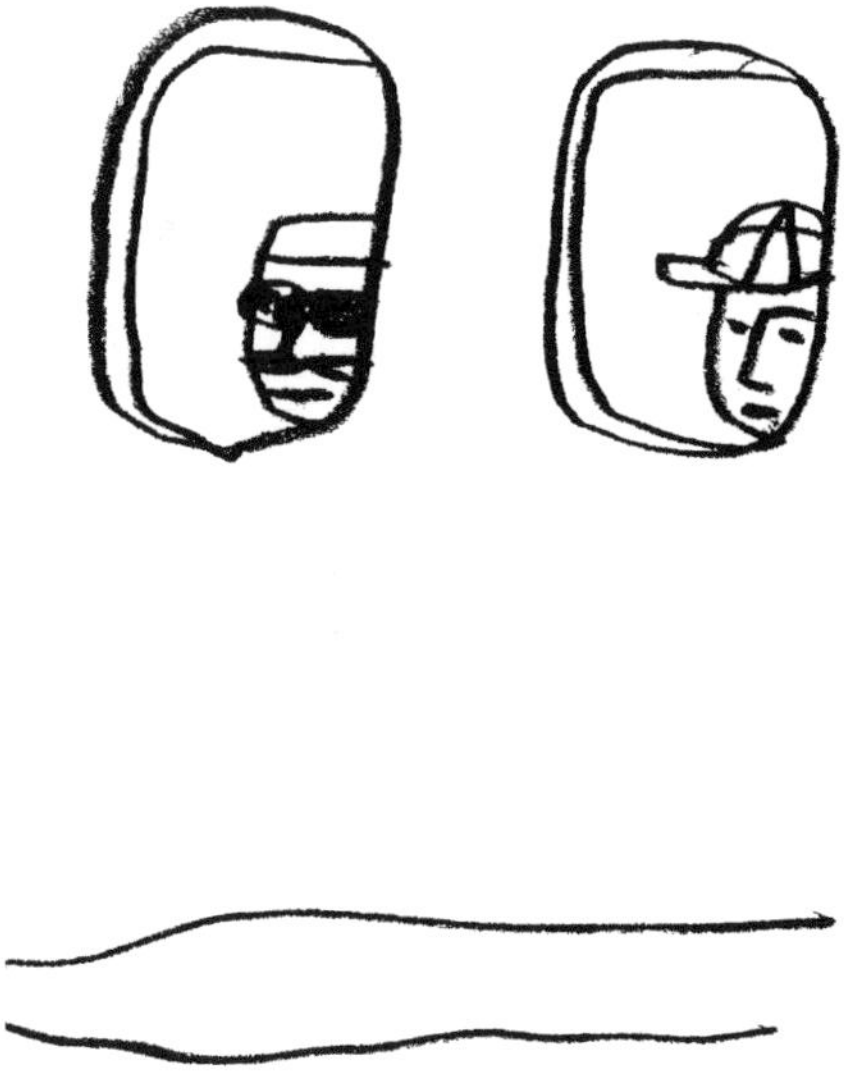

二〇〇三年十二月二十四日、エールフランス航空が予定していたパリ発ロサンゼルス行の直行便の乗客リストを、米国の情報局がチェックして、怪しい名前を発見した——Abdul Haye Mohammad Illyas

CIAあたりは何とかの一つ覚えで、イスラム教徒らしき雰囲気にすぐ反応するが、それだけでなく今回は、以前からアルカイダのメンバーと目していた男の名と部分的に一致したのだ。「アブドゥール・ハイ」という部分が。

さっそく「テロリストが搭乗を試みる可能性がある」と、航空会社に警告を発し、てぐすねひいて待っていた。ところが、その Abdul Haye Mohammad Illyas なる人物は、定刻になっても現われてこなかった。

米国側は「やっぱり!」と確信したらしい。察知したからこそテロリストは no-show（すっぽかし）をやったに違いない。そこでエールフランスに対してロス行便の欠航を命じたうえで、重大な「事件」としてマスコミにリークし、同時に捜査を開始した。

三週間ほどして Abdul Haye Mohammad Illyas が何者かが判明した。名前の前半を英語に置き換えるとそのスペルが、アルカイダの一員かもしれない男の名と同じになる。ではあるけれど、テロ組織とは何一つ接点のない人物だった。

会社の経営者、アブドゥール・ハイ・モハメッド・イリヤスは、インド南部のマドラス市で革製の洋服を作って欧米へ輸出している。仕事柄よく飛行機に乗るので、マイレッジがどんどん溜《た》まるという。使おうと思っても、スケジュールが合わず期限が切れて無駄になることも少なくない。エールフランスからは二〇〇三年末まで有効の「パリ〜ロス往復」のチケットを、ずいぶん前にもらっていたが、使えるとしたらクリスマスの頃だろうと、とりあえずダメモトで予約を入れておいた。師走になって案の定、仕事がいつもにも増して忙しくなり、チケットは仕方なくそのままに……。

ざらにある話だ。そんなにいっぱい乗らないぼくでさえ、一昨年の暮れ、成田発シアトル行の便で、イリヤス氏とまったく同じことをやった。ただしArthur Binardがアルカイダっぽくないからなのか、国際テロ未遂事件というふうには発展しなかったのだが。

地球上には今、六千以上の言語がある。野生動物よりも早いペースで絶滅していっているとはいえ、想像を絶するほど多様な世界だ。その言語を「アルファベット」という二十六文字に無理やり変換して、うまくおさまらない要素は切り落とし、そしてそんな欠陥だらけのデータを頼りに、悪いヤツを判別しようなんて——まさに笑止の沙汰の「テロとの戦い」だ。

笑止の沙汰を、さも対策として成り立っているかみたいに、マスコミはもっともらしく取り上げる。好き好んでプロクルステスと枕を交わすようなものだ。

# Ⅲ　夜行バスに浮かぶ

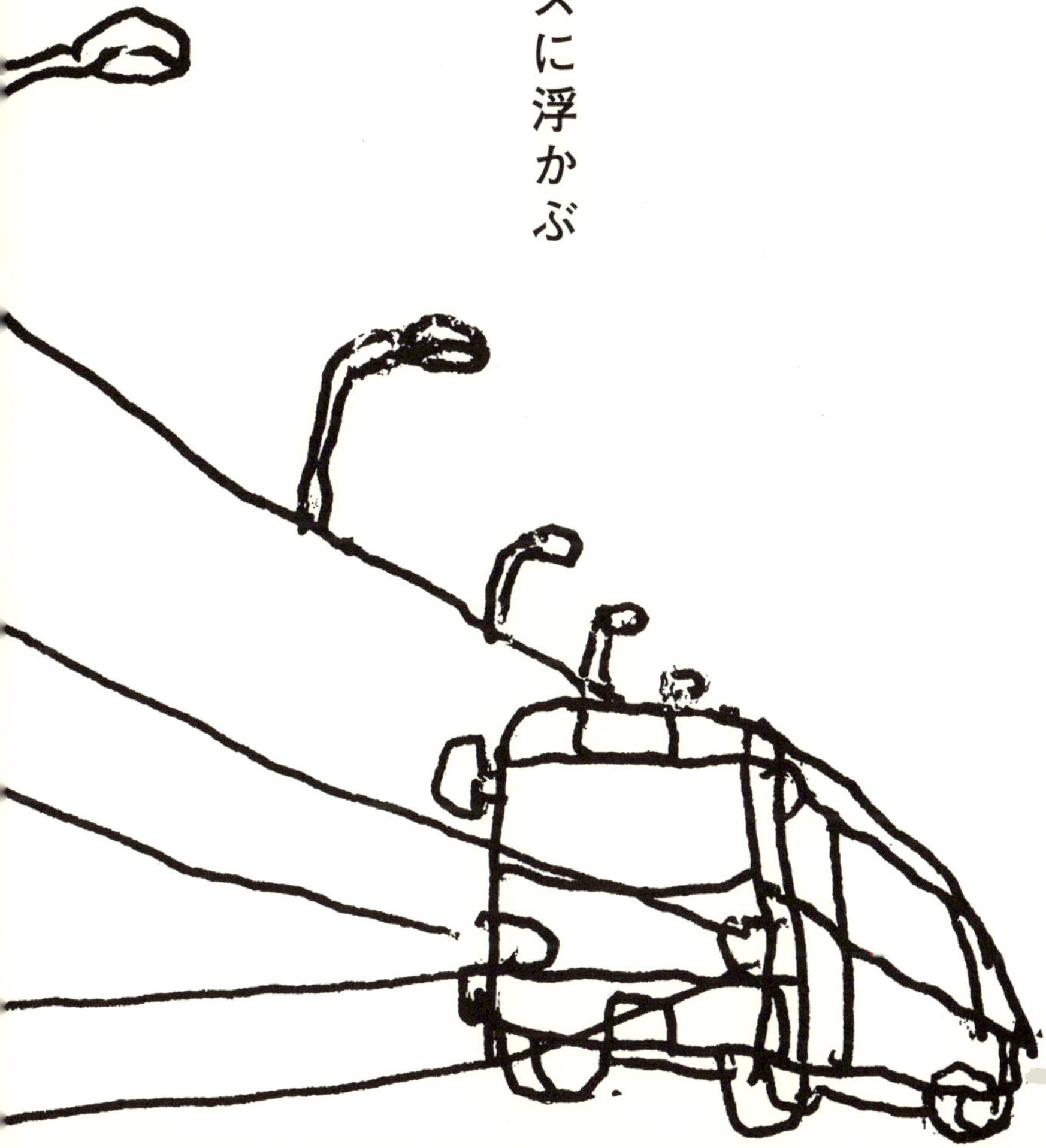

# ペダル号

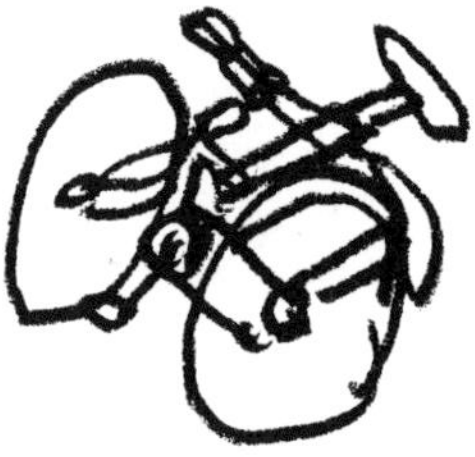

結婚してから、いろいろと変わった。例えば、ぼくのパスポートに押されるビザの在留資格が、「日本人の配偶者等」に改められた。書類に記入するときの「既婚」や、英文なら"married"に丸をつけるとかなど。

アメリカには、日本の戸籍に該当するものがないため、三十年近く「籍無し児」だったぼくだが、ゴールインに際して、妻を戸主とするホヤホヤの戸籍に（脚注のような「欄外事項」としてではあるけれど）おさまった。また、詩歌関係でいえば、妻が前々からメンバーである詩人たちの句会にも加わることに。これは、結婚したからというわけでもなかったかもしれないが。

その句会の初参加が間近に迫ったある日、『歳時記』を引き、各季語のあとにずらりと並ぶ芭蕉、蕪村、一茶、子規、虚子、漱石と……先人の名句にいよいよビビり始めた頃、ハッと気がついた――吾輩は俳号がない！

そこで俳句ひねりが、いきなりネーミングひねりに切り替わった。

いつもの思考のパターンで、まず駄じゃれから出発。「アーサー」イコール「モーニング」とすれば、「朝田男」か「朝之介」か、あるいは「朝太郎」。でなければ、チョウと読ませて「朝邨」「朝蛇」「朝半」など。

ノートに綴《つづ》ってはみたが、どれもイマイチ。ならば「アメリカ」と「雨」とをかけて何かできないかしらと、候補をざっとリストアップ、再び行き詰まった。

もっと素直に、好きな虫の名でも拝借するとしようかと、『昆虫図鑑』を開いて「アメンボ」と鉢合わせした――池や沼の水面上でフィギュアスケートの選手も顔負けの優美な滑走を見せてくれる、別名「水澄まし」「水蜘蛛《みずぐも》」「あしたか」のあの虫。

無論フィギュアと違って、水が凍っていたらダメで、『歳時記』で調べてみると、やはり夏の季語になっている。アメリカ各地にも棲息《せいそく》しているが、日本語名の語源は、わが母国の「アメ」ではなく、アメンボの体が飴《あめ》の匂いがするところからきているらしい。漢字で「水馬」とも「水黽」とも書き、また「飴坊」という愉快な表記も。

アメンボを題材にした数多《あまた》の句の中で、山口青邨《せいそん》の「夕焼の金板の上水馬ゆく」が光る。

「よし、アメンボになろう」と、決めかけたけれど、今度は「アメリカ人」＝「アメ坊」＝「水馬」という語呂合わせの図式が、逆に気になり出す。

間違いなく自分は米国人、パスポートにバッチリそう書いてある、でもそれがどうしたというのだ？　別にアメリカ代表として句会に参加するわけじゃなし、国家だのナショナリティーだのそんな野暮ったいカタマリを、文学は越えるものでなければなるまい。昆虫たちは、国境なんか気にしちゃいない。「合衆国」とひっかけること自体が、「水馬」に対して失礼な話だ。

というわけで、またぞろゼロに戻り、個人の自分の一面を表わすような俳号を考えることに。

突き詰めていくと、ぼくは自転車が好きだ。俳号として「自転車野郎」は分かりやすいが、あまりに芸がない。五文字は多すぎるし。「愛車」のどのパーツも愛着があるけれど、どちらかといえば、ハンドルやサドルよりも、陰の働きもの、タイヤ、リム、チェーンなどが気にかかる。

揚げ句には、実際チャリンコに乗って近所を一回り、俳号は「ペダル」に決定した。

妻に話してみると、「いいんじゃない」と返ってきた。

ところが当日、句会の他のメンバーからは、「片仮名の俳号はいかがなものか」との意見。カタカナがダメなら漢字を当てようかと、一応「屁蛇流」を用意して二回目の句会に臨んだけれど、だれもそのことに触れず、プリントを見ればぼくの名前のあとに「ペダル」とカタカナで表記。すでに「認証済み」だった。

句会ではどの句がだれの作か、「天」「地」「人」が決まって議論が尽くされるまで分からないが、自転車が登場すると「これはペダルの句だな」という臆測《おくそく》が飛ぶ。そして紛れもなく、臆測は当たってしまうのだ。

自転車の籠に缶と瓶万愚節
犇《ひし》めき合ふ放置自転車西日中
冬の川たが自転車かたが靴か

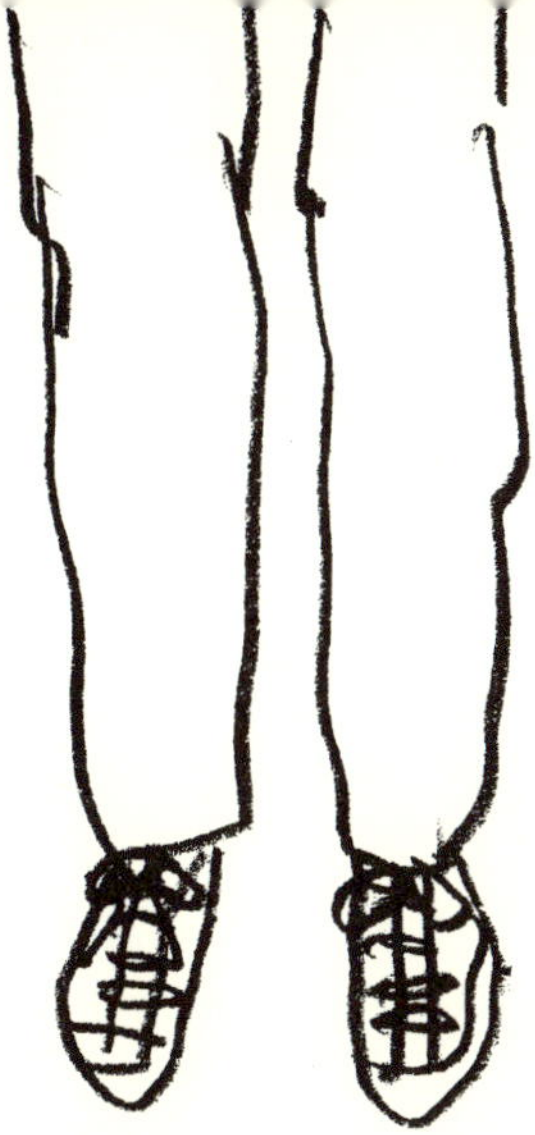

# ゐぱだだ津軽弁

数年前から月に一度のペースで、青森へ通っている。青森放送〈サタデー夢ラジオ〉に出演するためだ。「もう長く行ってるから向こうの言葉もだいぶ覚えただろう」と東京方面の友だちから、たまにいわれるが、とんでもない。ぼくの津軽弁はいまだにビギナーの域を出ない。上達しない理由の最たるものは、やはり本人の勉強不足だ。けれど、もう一つこっちにとって不利（?）な条件がそこへ重なってくる——向こうの人間はみなバイリンガルなのである。

津軽衆同士で会話するときは、立派な津軽弁を用いる。しかしそれを解せないぼくみたいな人が会話に加わると、スーッと、東京弁に切り替えてくれる。それに甘えてぼくはいつもの、池袋あたりで覚えた言葉でしゃべる。でも、ときどきふと思う——日本に来て、もし池袋ではなく、青森へ直行して住み着いていたら、津軽弁が身についたかも……大方の東京人は東京弁しか話さないので、そのあと池袋に来ても、周りがこっちの津軽弁に合わせるということもなく、ぼくは両方きちんとしゃべれるようになり……それで食えたかも知れない！

ま、でも、こんな勉強不足のぼくだって、頭の中の「津軽弁ファイル」が空っぽというわけ

ではない。「あずましい」（気持ちがいい）とか、「ちゃかし」（そそっかしい）とか、「どさ」「ゆさ」（どこ行くの？　銭湯へ）とかいった初歩的なものは、一応入っている。それから、一度聞いたら強烈にインプットされ、永久に忘れられない単語もある。例えば、相手をやっつけることを「ふんじゃらむァ！」という。また、オチンチンはなんと「けぺ」だ。お尻が出っ張っている、いわゆる出っ尻のことイコール「じょんばけつ」。この類いの単語は、ラジオで使うチャンスがほとんどないのだが。

　ついでにもう一つ、好きな津軽弁には「えぱだ」、あるいは「いぱだ」がある。この語に初めて出くわしたのは、高木恭造の詩の中。青森市にある合浦《がっぽ》公園を詠んだ「春先《ハルサギ》」だ——

松《マツ》ばり生《オ》えだこの公園地《ツ》ア妙《エパダ》ネ淋《サビ》サね
女子供《オナゴワラハド》の影コも見《メ》ねし
海辺《ハマ》サ出はれば東風《ヤマヘ》ア強《ツオ》ぐ
ラムネの味《アッ》コア何時《イヅ》まんでも舌サ残《ノゴ》て
壊《クワ》れだ腰掛《カゲ》で友《ケヤグ》のしゃべる情話《イロバナス》ア
たワエなぐ飛ばされでまらネ

「えぱだね」といえば「変に」「妙に」となり、「えぱだだ」だと「妙な」「変な」に。「春先」

の詩を英訳するとき、そこまではちゃんと確認した。そして今年の冬、津軽を代表するもう一人の詩人、伊奈かっぺいさんに「えぱだ」の語源まで、さらに詳しく聞くことができた。かっぺい説によると、もともとは「異肌」、つまり、こちらと肌を異にするものが変わっていて、それで「いはだ」、少し力が入って「いぱだ」となったのではないか、という。

字面がよけい妙な感じになるからなのか、かっぺいさんは「ゐぱだ」という表記を好む。そして、言葉遊びもこよなく好むかっぺいさんが考えついた、一風変わった催し物のタイトルが「ゐぱだだ会議」と決まった。二月のあるドカ雪の週末に、青森青年会議所の主催で第一回目が盛大に開かれた。ぼくもちょっと出させてもらった二日目の、『ゐぱだだ——あおもりの歌』と題したコーナーでは、他のパネラーといっしょに、青森を題材にした演歌をサカナにディスカッションした。

「嘘も方言」と副題をつけてもよかったようなコーナーで、「津軽海峡冬景色」も「津軽恋女」も、実は歌詞をよく見てみると勘違いに満ちているが、一番すさまじいのは「リンゴ追分」だというのだ。特に中ほどの語りの部分——「お岩木山のてっぺんを綿みてえな白い雲がポッカリ……早咲きのリンゴの花ッコが咲く……だどもやっぱり無情の雨こさ降って、白い花びらを散らすころ、おらあのころ東京さで死んだお母ちゃんのこと思い出すって……」

作詞家は何を血迷ったのか。しょっぱなからこのダテ津軽弁のうさん臭さが、しろうとのぼくの鼻にだってプーンとくる。第一「岩木山」に「お」をつけるだろうか、ふつう。それに「こ」と「さ」をやたら使えばいいというものじゃないだろう。「だどもやっぱり」とそれっぽくいっておいて、いきなり「無情の雨」と安っぽい文語調に切り替え、またその〈じょんばけつ〉言葉に平気で「こさ」をくっつけるかあ?! 「東京さで死んだ」のところも、「さ」という助詞は東京弁の「に」に相当するが、このお母ちゃんはいったい「東京に死んだ」のか、それとも「東京で死んだ」のか、これは津軽弁文法への冒瀆《ぼうとく》じゃないのか……そもそもなんでこんなくどい、むごい死に方をしなきゃならないんだ?!

みんなでワイワイケチョンケチョン盛り上がっていたところへ、パネラーのひとり、脚本家の畑澤聖悟さんが量感のあるバリトンで「いいんじゃないかな、このままで。歌は雰囲気が大事だから、別に方言が間違っていたって、調子がよければかまわないと思う」といった。そして「なるほど」「そうか」「そうね」といった調子で、それがそのままディスカッションの結論に。

調子がよければいいといっても、甘いモドキ言葉というは、春先のラムネ同様、何時《イツ》まんでも舌サ残る。でも、チェイサーみたいに、本物をグイッとやれば、その後味を痛快に流してくれる。

# 猫の皿、師匠の猫、ぼくの考え落ち

おもしろい詩に出会うと、しばらく側においておきたくなる。その詩が載っている本をリュックに入れて何日も持ち歩いたり、コピーを取ってセロテープで部屋の壁に貼《は》ったりする。それでもものの足りないときは、翻訳してみる。原文が英語なら日本語に、日本語だったらその逆に。

今年の三月から、机の前の壁に貼られていたのは珍しく、原文がドイツ語の英訳の詩。人が英訳したものをまた和訳するというのは、ちょっと考えものだなと、しばらくそのままにしていたが、それでも気になって、そろそろ訳してみようかと思っていたところへ、落語協会の季刊誌『ぞろぞろ』から電話がかかってきた。

「一日、前座になってみませんか」

前座——羽織なしで最初に高座に上がり、一席ぶつ、いってみれば噺家《はなしか》の一年生だ。五、六年前、落語に出くわしてからぼくは何度も寄席へ足を運び、鈴本演芸場の楽屋も覗《のぞ》かせてもらったことがある。前座……前座よりも真打のほうがカッコいいなぁ、「真打一日体験」というのは、もちろんないだろうなぁ……と思っていると、前座になった自分が高座に正座、「ええ、一席お古いところを……」とぶち出す——そんな幻影にまざまざと引き込まれていった。おもしろそうだ。ただ、「お古いところ」で終わると、はなしにならない。

「落語を教えてもらえるんですか?」

「三遊亭円窓師匠の弟子としてお稽古《けいこ》も含め、一通り体験していただくという企画です」

二つ返事で引き受けた。「寿限無《じゅげむ》」よりは「目黒の秋刀魚《さんま》」のほうがいいと、電話が終わらないうちにぼくはもう、ひそかに選考を開始。すると相手は思い出したように、こう聞いてきた。「猫は、大丈夫ですか?」師匠のお宅には猫が十六匹いるそうで、猫アレルギーの人には入門しづらかろうということだったのか。

猫持ちの師匠となればと、秋刀魚より猫の噺がいいかもしれない。近所の図書館で『古典落語』の目次をぱらぱら見て、「猫の皿」が目についた。さっそく知り合いから、古今亭志ん生の落語カセット「猫の皿」を借りてきた。

机につき、なんとはなしにドイツの詩とニラメッコしながら、志ん生の枕に聞き入っていくと、あらッ、デジャビュ。じゃなくて、ホントにどこかで聞いたことがある。えッ、志ん生師匠が、壁に貼ったドイツの詩の翻訳を⁉

詩は次の通りだ。

# 時限式

クリスティアン・モルゲンシュテルン

コールフ博士は新種の
ジョークを発明した。
みんなつまらなそうに
それを聞いている。
しかし静かに闇の中で
そのいわば導火線が燃え
夜中に突然ひとり
ひとり目覚める——おまんまを食べたばかりの
赤ん坊のように笑みを浮かべて。

志ん生の枕はこうだ。「考え落ちというのは、ええ、寄席で落語を聞いてパッと落とされて、それがお客さまには分からないのを『考え落ち』といいますな。『あの噺の落ちはなんなんだろうな』と気になってしょうがなくて、うちへ帰ってお休みになってもなかなかその落ちが考えられない。で、夜中にようやっとその落ちが分かって『あああッ』と笑ったりなんかする」ユーモアもポエジーも、国やジャンルを問わない。それにしても、こんな偶然はめったにないものだ。まるで何かの前兆のよう。「猫の皿」のテープを毎日のように聞いて、前座になれる日を楽しみに待った。

当日は早朝からザアザア降り。靴をグショグショ鳴らしながら九時半ごろ、円窓師匠宅に到着。ベルを鳴らすと、庭で二匹の犬が吠え出す。玄関では四、五匹の猫と一人の人間が迎えてくれた。円窓師匠の息子の窓輝さんだ。

師匠はきっと奥の座敷で待っていて、さっそくお稽古が始まるのだろうと、ぼくはわくわくしながら靴を脱いで上がった。すると右手の階段を、パジャマ姿の師匠が下りてきて「お早う」。窓輝さんに何か指図し、またお二階へ。

ぼくは何を血迷っていたのか、前座の一日は掃除から始まるのだ。ほどなく二つ目の、いわば「兄弟子」の窓樹さんが現われ、窓輝さんと二人で手ほどきをしてくれた——箒《ほうき》の正しい握り方、雑巾かけのコツ、電話がなったらなんと応対すればよいのか……。掃除が終わると着物に着替え、というより窓寿さんに着付けてもらい、それから師匠の着物の畳み方を教わり、覚えの悪い「ニワカ弟弟子」のぼくに、窓樹さんは何度もテープを巻き戻すように、繰り返し見せてくれた。

着替えた円窓師匠が二階から下りてくると、なんとなく家の空気が引き締まる。奥の部屋で寝ていた犬を起こしてどかし、上座に落ち着くと、ぼくを呼んだ。師匠の真ん前に座る。

「ここにはきみと、あたしと、落語だけだ。よーく聴いて、よく見てください」と、一席が始まった。シャレを解さないご主人とシャレの名人である番頭さんの噺。

向かい合っていると、こまやかな表情が見え、それらが噺の進行とドンピシャリだ。仕草と視線と、頭の向きがどんなに大切かということも、よく分かる。聞き入っていると、声色の微妙な使い、語りのリズムの絶妙さも、寄席で聞いていたときとは比べものにならない。

シャレの分からないご主人が奥さんにしかられ、ようやく少しシャレが分かってきたあたりへ噺が進んでくると、いきなり隣の部屋から子猫がやってきて、円窓師匠の膝の上に乗った。師匠はびくともせず噺を続けたけれど、ぼくは子猫に気を取られ、写真に取ったらかわいいと思い、パッと落とされた。

「分かったか」と聞かれて、シドロモドロ。


午後は師匠の鞄を持って、鈴本演芸場へ。ここでは立て前座の歌一さんに、着物を着せてもらった。そしていっしょに檜舞台《ひのきぶたい》へ上がり、高座《こうざ》返《がえ》しの指南を受けた。緞帳《どんちょう》は下ろされたままだし、たかが座布団をひっくり返す仕草なのに、高座にいるというだけで緊張してしまう。「一席お古いところを」ぶとうなどと空想していた、数日前の自分が思い出された。

こっちほどではなかろうが、歌一さんもいささか上がっているよう。話しているうちに、正式に立て前座をつとめるのは、今日が初めてだと分かった。よりによってそんな日に、「一日前座」というアシカセがひょっこり出現したのだ。必要以上の邪魔にならないよう、心掛けることにした。

着物もロクに畳めない前座にできることといえば、お茶出しくらいだろうか。しかしそれも

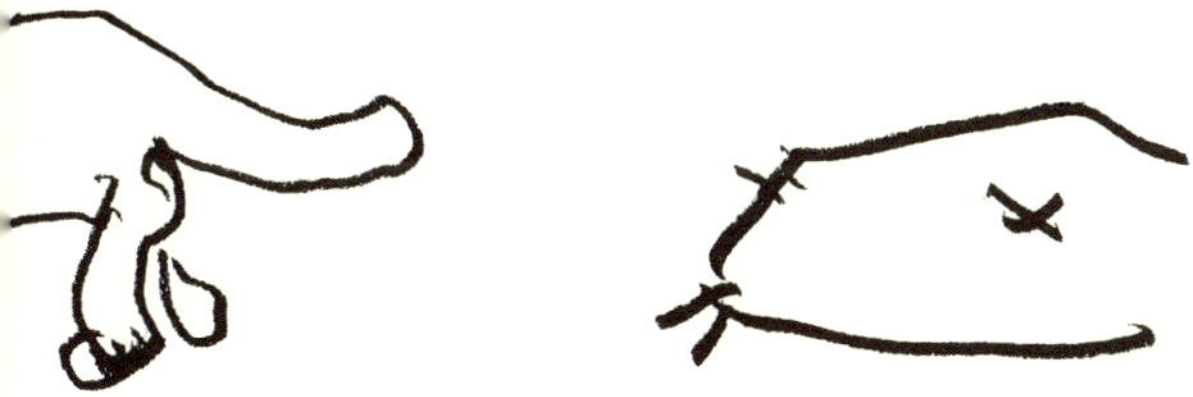

決して簡単ではない。前座の菊一さんに教えてもらった。

お茶を淹《い》れるのは機械なので、ボタンを押しさえすれば出てくる。けれど、それをだれにいつ出すかが大事なポイント。お茶を濁しにきているのではなく、師匠たちは本番前だ。中にはとても近寄りがたいオーラを発している方も。

見えたばかりの師匠が着物に着替える前に、まず一服を出す。着物に着替え終わって、高座へ上がる前にもう一服。一席を終えると、お疲れさまの一服も。見えたばかりなのか、次だれが上がるのか……それを見極める余裕がぼくにはなく、ひたすら菊一さんの指示通りに、「お茶が通ります……お茶でございます」と、お盆に乗せて運ぶ。

気を使っていると、腹がへるものだ。仲入りのときには、太鼓たたきの前座、きょう助さんからおにぎりをもらって頬張《ほおば》る。高座返し担当の小多《こた》けさんもやってきて、いっしょに食事を取る。ぼくはいくらか慣れてきて、ほっとしている。向こうも気楽に話し、「夜でもアーサー」のようなシャレを飛ばす。一日限りの前座体験だということを、少しの間ぼくは忘れ、ホントに仲間入りしたような気持ちだ。


しかしそんなときでも、今朝、円窓師匠宅で逃した落ちのことが頭から離れない。一対一のお稽古をつけてもらっておいて、聞き落とすヤツがあるか！　考えられない。というのが、そうか、ぼくの「考え落ち」か。

# ベッドとボブスレー

空き箱がこんなに役立つとは、夢想だにしなかった。
おととしの暮れ、手打ち風の日本そばと冷や麦のつゆ付き乾麵《かんめん》が歳暮として届いた。ありがたくいただき、やがて箱は空っぽに。
踏みつぶして段ボールの資源ゴミとして出そうかと思ったが、よく見ると、軽いわりにはしっかりできている。長さ四〇センチ、幅三〇センチ、深さは七センチばかりと、大きめの文箱のような形だ。原稿か何かを入れるのに使えるかもしれない。こうして「物が増える一方」になるのだが、夫婦で協議した結果、取っておくことにした。
そして去年の暮れにもまた、同じ歳暮が届いた。おいしく食べて、箱は空に。そこで、前年の空き箱がサンルームに、他の箱や筒や特大の封筒などといっしょに、そのまま積んであることに気づいた。今度はさすがに処分しようと思い、しかし、あるいは古い箱をつぶして届いたばかりのヤツを取っておこうか、そう考え始めて、でも、二個そろっていると場合によってぴったり重ねて使うこともできるだろうし……とそんなわけで、どっちも処分しないでおいた。

そして今年二月下旬、冷たい風が吹きすさんでいた夜、帰宅してみるとマンション一階の入り口の真ん前に、三毛猫がちょこんと座っている。そういえば今日、出かけるとき裏の駐車場を通ったが、隅っこのほうに畳んであったバイクカバーの上に、三毛らしき猫が寒そうに丸くなっていた。きっと野良だろうと思ったが、近くで見るとどうも違うみたいだ。というのは逃げるどころか、ぼくが立ち止まって「大丈夫?」と声をかけると、すぐ寄ってきて体をズボンにこすりつける。まったく怖がらない。

白の毛が灰色になりかけているが、路上生活が長いとは思えない。野良ならもっと警戒するはずだし、頭をちょっと撫《な》でると、すぐ喉《のど》を鳴らす。

猫のことなら妻の得意分野だ。ぼくが軽い猫アレルギーなので、今までは飼っていなかったが、いつの日にかもう少し広い住環境が確保できたら、猫との暮らしが開始——以前からそういう話にはなっていた。三毛に「じゃね」といって、エレベーターでわが家へ上がり、妻に事情を話して、今度は二人で降りた。

三毛はやはり入り口の真ん前に座っている。妻が声をかけると、無類の猫好きを見抜いたのか、さっきよりも数倍の親しみを込めて、体を彼女の足にこすりこすり。鼻を鳴らしてもいるので、風邪を引いているようだ。

おなかが空いていたのだろう。妻がコンビニで買ってきた缶詰を勢いよく食べる。猫といっしょに座り込んでいる妻がぼくを見上げていう。「どうしようか。水も飲みたいだろうし」

「連れてってみるか?」とこっち。抱き上げてエレベーターの中に入っても、大声で鳴くでもなし。

早い話、その捨て猫をうちで保護してしまった。

餌《えさ》の用意。トイレの用意。それからベッドをどうするか。資料と切り抜きが入っていたプラスチックの箱に、ぼくのよれよれのTシャツを敷いてテーブルの下におくと、その晩はそこで寝てくれた。が、寝心地がどうやらイマイチのようで、明くる日、また違う箱に古いタオルを敷いたら、乗り換えた。でも何だか、満足というわけではないらしく、妻がそこで試しに、サンルームから乾麺の空き箱を出した。ぴったりと猫の体にフィット。以来、昼寝も夜寝も、そばの歳暮に厄介になっている。

保護した翌日、「猫エイズ」などの感染症は大丈夫か、血液検査と健康診断のため、動物病院へ連れて行った。「風邪気味」以外の病気はなく健康だが、腹の中に子どもがいるという。ひもじい路上生活を強いられていたわりには、瘦《や》せ細っていないなと、少々不思議に思ってはいたし、妻は会ったそのときから、「じゃないか」と口にしていた。

患者の「診察券」を作るのに、名前と生年月日を決めなければならない。獣医の先生が「拾ってもらって、おまえはラッキーだな」といっていたので、「ララ・ビナード」と命名。生まれは、先生の歯の診断に基づき、四年前の今日に。

でももしかして、ララは四歳よりもっと若いかもしれない。猫じゃらしで遊んでやると、夢中になって機敏に飛びかかり、はしゃぎ回る。途中で爪とぎ器で盛んにバリバリッとやる。さらに、気に入りのベッドで、ボブスレー滑りも繰り広げる。ぼくらが教えたというより、遊びの中から自然と出てきたと思うが、ともかく猫が走って、乾麺の箱めがけて飛び込むと、それがリビングの板張りの床の上をシュ――ッと、実によく滑るのだ。そのスリルを覚えたララは、どんどん助走距離を長くして、こっちも猫じゃらしで拍車をかけ、今や滑りの距離に物足りなさを感じている雰囲気だ。たまに失敗すると、爪とぎ器でバリバリッと悔しさを発散。そして再挑戦。

さっき箱を裏返して見たが、だいぶすり減ってきている。予備が一個あるとはいえ、果たしていつまでもつか。子猫たちも、みんな胎教でボブスレー遊びを学んでいるはずだし……。

今年のお歳暮に、果たしてそばが届くのか。

# 夜行バスに浮かぶ

子どもの頃のぼくにとって、車に乗って本を読むというのは、かなり危ない行動だった。つい夢中になって、胃からの信号に気づかないまま読書を続けてしまうとCARSICK！　車酔いの壁に激突してアウトだ。

妹にも少しその気があったので、自動車で遠出するときは、本ではなく外を見る遊びに興じることが多かった。例えば、窓外の看板に書かれた単語の頭文字をＡＢＣ順に集め、最初にＺまで到達した者が優勝する「アルファベット・ゲーム」。それから、他の車のナンバープレートが何州のものなのか、先に見た者がその州名を声に出して獲得、より多くの州を集めたら勝ちという「ライセンスプレート・ゲーム」。後者は特に、前方不注意になりかねないので、運転手（父親）の参加は禁じられていた。

思春期が過ぎて、ぼくの三半規管と内臓はいつしか落ち着き、よっぽど下手な運転手でない限り、ほとんど車に酔わなくなった。今は車中で好きな本を遠慮なく読める。けれど、ひとつ気をつけないといけないのは、夜行バスの場合だ。

ラジオの仕事のため、月に一度ばかり青森へ出かけるが、行きは東京駅八重洲口から出ている夜行バス「ラフォーレ号」。二十一時三十分発で、青森駅に着くのが翌朝の七時頃。窓は最初から、マジックテープ付きの厚手のカーテンに覆われていて、出発後、十五分もすれば車内が消灯となる。各座席には一応、「読書灯」と呼ばれる豆電球がついてはいるが、前かがみになって顔と本を近づけてやっと解読できる程度の、わずかな明かりだ。それに、ほかの乗客はみな最初から寝るつもりでいるので、自分だけ読書灯を点けていると、悪いような気がする。

コートにくるまって目をつぶり、でも、すぐは眠れず、「あと九時間か」と、揺られながら思考もゆらゆら……乗る前に読んでいたもの、聴いていた曲、やっていた仕事が、必ずといっていいほど頭に浮かぶ。何か引っかかる箇所があると、そこが繰り返し何度も再生され、少しずつ姿を変えていく。

おもしろくない詩集を読んだあと乗車すると、どこが問題なのか、どう改造したらおもしろくなるのか、「大きなお世話添削」を延々やっている。うっかりと、新聞の腑抜《ふぬ》け社説を読んでしまったときは「無駄骨反論」が、福島県に入っても続く。そしてやがて、本当に気分が悪くなっていく。

このあいだの青森行は、直前まで夏目漱石の俳句のことを調べていた。夏の季語としてマクワウリが登場する。

吹井戸やぽこりぽこりと真桑瓜

これに初めて出くわしたのは、漱石の句集ではなく、手もとの国語辞典で「マクワウリ」を引いたときで、例文ならぬ例句として載っていた。気に入って英訳しようと思い立ち、ただ、一句だけではさびしいので、近所の図書館から『漱石全集』の俳句の巻を借りてきた。

蝙蝠や一筋町の旅芸者
馬子唄や白髪も染めで暮るゝ春
渋柿や長者と見えて岡の家

訳したい句がどんどん増えて、むずむずし出し、すると一五四頁に例のマクワウリが顔を出した。

吹井戸やぼこりぼこりと真桑瓜

あれッ、「ぽ」が「ぼ」になっている！

点々のあるとないとでは大違いハケに毛がありハゲに毛がなし

という狂歌があるが、半濁音と濁音とでは、これまたずいぶん違ってくる。「ぽこりぽこり」で鑑賞して、ぼくは井戸のふき出る水の中に、マクワウリが一個、軽く上下しながら浮かんでいるのを想像した。ところが「ぼこりぼこり」とあれば、より重く、ちょっと乱暴に、というか不器用に上下している感じになり、複数のマクワウリがぶつかり合っていることも、十分考えられそう。それとも、もしや、水自体が「ぼこぼこぼこりぼこり」と、わいている音なのか？　ぼくには「ぽ」のほうが、自然な表現に思われてしっくりきたが、作者とこっちとの間に百年分の日本語の移り変わりがある。「ぼこりぼこり」が、今とは微妙に違った振動を、漱石の耳の鼓膜に届けていたのか……。

上のような疑問が、バスに乗ってしまうと溶け合って走馬灯のように巡り出し、感情移入が深まって、揺られる自分もだんだんとマクワウリ状態に。また、隣の席の、恰幅《かっぷく》のいい中年男性のイビキがいよいよ高まり、こっちの鼓膜に……「ぐーすかぱーすか」よりも、「ぐーすかばーすか」のほうが、近いのかもしれない……。おなかが「ぱんぱん」と、おなかが「ばんばん」とでは……「ぴいぴい」と、「びいびい」とでは……。気がつけば、車酔いへ入るインターチェンジまで、ぼくはもうきていた。

「ぽこり」と「ぼこり」、どっちが正しいのか。なんとしても、次の青森行までに、突き止めておきたいものだ。

＊漱石の「吹井戸」の句は明治二十九年七月八日の子規あて書簡に書かれたもの。自筆稿は現在所在不明で、「ぽこり」か「ぼこり」かは結論が出ていない。

# 馬車からＮＡＳＡへの道

『クマのプーさん』の生みの親Ａ・Ａ・ミルンの自伝を、ぼくはいま共訳中だ。原書は英語がぎっしり詰まった三百余ページのものなので、訳せど訳せど日本語に生まれ変わるミルンは未だ小学生。パイプをくわえた作家になるまでには、あと何百時間かかるだろうか、気が遠くなる作業だ。

しかし面白い作業でもある。詩の翻訳と違って、何か月も（へたすると何年も？）継続して同じ世界に漬かっていることになり、ぼくは今どっぷりと、十九世紀の終わり頃のロンドンにいるのだ。現在のロンドンと比べ、いや、世界のどこの大都市と比べても一番異なる、そして一番良い点が、車のないこと。

もちろん馬車は走っているが、カーもトラックもタンクローリーもなし。子どものミルンは道でのびのびと遊び（馬が通るときはそこのくが）、大通りで堂々と「輪回し」して、自転車も自由に乗り回す。そしてよく陸橋の上から、うなりを上げて通る汽車を、彼はうっとりと眺める。iron horse（鉄の馬）というあだ名の、黒々とした機関車だ。他の乗り物はみな普通の

horseが引いているので、よけいそれへの憧《あこが》れが強かったのかもしれない。

ところで今朝、翻訳をしていてふと、妹から聞いた話を思い出した。妹は科学者兼土木技師で、専門は水処理だが、仕事仲間には鉄道マニアの技師もいる。その人から聞いた話だ。米国の鉄道の「スタンダード・ゲージ」、つまり「軌間」、要するに左右のレールの間の最短距離は四フィート八・五インチと決まっている。

メートルに直すと一・四三五メートル。日本の新幹線も同じだ。が、フィートにしてもメートルにしても、何とも半端な数字。どうしてこう定められたのか?

それは、英国の鉄道が最初から四フィート八・五インチという標準になっていたからで、ではなぜそうなったかというと、鉄道以前の「木製軌道」のときの車両のホイールの間が、その幅だったため。

当時は馬車職人がそういった車両も作っていて、みな同じ道具を使い、イギリス全国の馬車類が同じスタンダードだった。というのも、古い街道には深い轍《わだち》があり、車輪がその轍の幅に合わなければ、壊れたり馬車がひっくり返ったりしかねなかったのだ。

そして、英国の街道はだれが作ったか、元をたどっていくとローマ帝国だ、やはり。轍も、ローマ軍の標準「二頭立て二輪戦車」が夥《おびただ》しい数で行き来してできたもの。詰まるところ、二千年余り経ってぼくらが利用している電車は、古代ローマの馬車の寸法でできている。

のみならず、発射台の上のスペース・シャトルを見てみると、クルーが乗る飛行機みたいな

「オービター」と、極太の筒状の「外部燃料タンク」と、その両側につけられた「固体燃料ロケット・ブースター」からなっている。その「ブースター」は、フロリダの発射台から四千キロほど離れたユタ州で製造されたものだ。技師たちはホントはもう少し大きくしたかったらしいが、鉄道で輸送するのでトンネル通過可能な寸法にせざるを得なかったという。

トンネルは車両に合わせて掘られ、車両は線路に合わせて作られ、線路はローマの「二輪戦車」とどんぴしゃりだ。そして「二頭立て」だったその戦車は当然、馬の臀部《でんぶ》×2というサイズで作られたのだ。

英語では人を馬鹿にするとき、a horse's ass（馬のケツ）と呼んでののしることがある。しかしNASAの宇宙船のデザインまで決定づけていることを思うと、馬鹿にできない「馬のケツ」だ。

# 三年前の夏の土用にぼくが死にたくなかったワケ

だれかに「死ね」といわれていたワケではなかったし、ぼくは健康で、当時二十九歳だった。池袋という、日本の中ではいささか物騒なところに暮らしていたが、アメリカの故郷デトロイトに比べれば、ブクロは治安パラダイス。

詩人という職業も、ほとんど危険をともなわない。軍国や内乱中の国々では、詩人は絞殺されたり射殺されたりすることもあるけれど、ニッポンでされるのは黙殺程度だ。美食しようにも先立つものがなく、おかげでコレステロール値は低い。ＨＩＶ検査を受けてみたら「陰性」と返ってきた。どう見てもぼくは死にそうになかった。

ただ一つ、もし大地震が東京を襲ったなら、池袋のぼろアパートはきっと全壊。だがそれを恐れていたのではなく、死そのものだって大して怖くないのだ。気にかかるのは、死後のこと。

ぼくが十二歳のとき、夏の暑い夜に父がミシガンの田舎で飛行機に乗り、故障を起こして離陸に失敗、滑走路の向こうの丘陵に突っ込んだ。乗客全員ズタズタになった。肉体というものは一瞬を境にどうしようもなくなり、人が消えてしまう、〈消耗品〉だ――当たり前の話だが、父の死で初めて実感した。

ポッカリ開いた穴を、どうやってふさいだか。時間が自動的に埋め立ててくれた部分が、たぶん一番大きい。母、祖父母、父の友人たちにも、手を貸してもらった。また、父の遺品にも。その品々を道具みたいにして、ぼくは心のパンク修理をしたのだ。押し入れの中の革靴とネクタイ、バスルームの剃刀とデオドラント、机の上の万年筆、引き出しの中のハッカ・ドロップ……。持ち主だった父について、それらがそれぞれの言い分をとなえて、記憶の中の〈父〉にコソコソと脚注をつけるようだった。

月日が経って、思い出がずいぶん書き直されてからまた一つ、実感した――死ねば些《さ》細《さい》な持ち物まで、みなぼくの〈メモリアル〉になってしまう。

大震災がこない限りは、自分は先が長いと当て込んでいる。だが、そればかりはどうだか。二十一段変速アルミ製のレーシング自転車で都内を回っているけれど、ヒヤッとすることはいままでに何度もあった。歪《ゆが》んだ前輪とフォークを取り替えなきゃならないこともあった。額を八針縫ったことも。下手すればペダルをこぎこぎあの世へいってしまう可能性が日々、なきにしもあらず。普段はこんなことを考えもしないが、三年前の夏の土用、ここで死んではマズイと、おっかなびっくり過ごした三週間があった。その間にもし撥《は》ねられて死亡したとしたら、ぼくを物語るのは池袋の六畳一間に散らかった洗濯物や本、メモ、五十匹になりなんとするぺットの鈴虫……それに、次の品々だった——
＊血液型別コンドーム。ざっと百個。
＊大便臭を排便以前に体内で取り除く薬。液体と錠剤、プレーン、ミント味、チョコ味など。
＊ポルノ映画で使用されている潤滑ローション。四種類、計十六本。
＊一重まぶたを二重まぶたに変える接着剤。液体、一本。
＊くすんだ乳首をピンクに変色させる〈医薬部外品〉。百四十グラム入りボトル、一本。
＊防災頭巾。ピンク色、一枚。
＊陰毛かつら。女性用、一枚。

右記の怪しげな〈目録〉は、何もぼくが好き好んで入手したグッズではなく、『COLORS』という雑誌のジャパン・コレスポンデントとして炎天下を奔走し、かき集めたものだ。『カラーズ』とは、イタリアの衣類メーカー「ベネトン」が数年前に創刊したマガジン。A4サイズよりやや大きく、百ページ前後で、全ページカラー。バイリンガル（英語とイタリア語、英語とフランス語、英語とドイツ語など）で、隔月刊。当時パリで発行だったが、現在はベネチア近郊で編集している。ベネトンのビックリ広告で世界に名を馳《は》せたオリビエロ・トスカーニが、スタッフの総監督兼カメラマンだ。

他誌と違って『カラーズ』は毎号、特集を組み、誌面はすべてそのテーマに与えられる。例えば「TRAVEL SPECIAL」では人々がどこからどこへどういうふうに出かけているかを取り上げ、「SPORTS」では世界中のかわったスポーツを紹介。銀座の洋書店「イエナ」で立ち読みしたことがあって、「HEAVEN」という、各国のいろんな人が描いた「パラダイス」特集号が記憶に残っていた。

そんな『カラーズ』と、一九九五年の梅雨のころ、ひょんなことから直接かかわることになった。イタリア人の友だちが副編集長にぼくを推薦し、パリから打診のファクスが届き、電話と電子メールで〈面接〉。日本を担当するコレスポンデントに選ばれたのだ。

選ばれてはみたものの、その頃ぼくは日本語の絵本のストーリーの仕事を引き受けていて、てこずり、ヒイヒイいっていた。「カラーズ・ワーク・スペシャル号のためにユニークな職種を探せ」というのが、最初のアサインメントだったが、サボって二つしか取り上げなかった。

次号こそきちんとやらなければと待ち構え、しかし次のアサインメントがなかなかこないので、早くもクビかと半ばあきらめていたら、七月中旬のある蒸し蒸しした深夜にファクスが鳴った。「SHOPPING FOR THE BODY」、つまり「体のための買い物」という特集。「ジャパンならではの商品を見つけてレポートしてください」とのことだった。

何をかくそう、ぼくは買い物嫌いで、こんなとき頼りになるのはカノジョ――当時の恋人、現在のわが妻だ。

七年間も池袋をウロウロしているぼくだったのに、西武百貨店の七階に充実したドラッグ・コーナーがあるとも知らず、カノジョが案内してくれた。ＯＬのあいだでは、ちょうどタイミングよく、〈無臭〉が流行《はや》っているらしかった。

『チャット・タイム』、『NIOWAN』、『エチケット・レディー』、『エチケット・ビュー』、『エチケット・マシュロム』、『デートミンマッシュ』、『無臭ディ』、ずらりと並んでいる。どうやら『エチケット・ビュー』が最初にブームを引き起こしたヤツらしい。九十粒入りのパッケージには、「排便消臭フーズ元祖。類似品に御注意」、そして「お友達とのおつきあいに！　化粧室でのエチケット！」とある。類似品『無臭ディ』の宣伝文句も、「女性の外出先でのエチケットに」だ。etiquetteという語に「便所」の意味が含まれるとは知らなかった。オックスフォード・ディクショナリーに、思わず当たってみたくなる。

「〈鼻つまみ者〉なんて言わせない」なんて、少し凝ったキャッチフレーズも見られる。成分表示を見ると「消臭フーズ」（認可なしでは「薬」と呼んではいけない）の多くは、「緑茶抽出エキス」が入っている。『エチケット・ビュー』の場合はそれを「野菜と果物のエキスと組み合わせ」、「ＯＳ液」と名づけて、その正体は極秘だそうな。

そんな中、『エチケット・マシュロム』は例外で、シャンピニオン・マッシュルームのエキスからなるという。けれど成分が異なっても、どれも効果が現われ排泄物が臭くなくなるのは、飲み始めてから三、四日後。「しあさってはデートだから」といった感じでスケジュールに合わせて服用するのだろうか。それともノベツまくなし毎食後か。

各メーカーの連絡先をノートに控え、「ほかに無臭モノないですか?」と店員に聞いた。「犬のためならあります」と返ってきた。『愛犬用エチケット・ビュー』。ビーフ味で、トップシークレットの「OS液」配合だ。

犬は人間よりずっと鼻が敏感なので、自分の便臭を気にする潔癖犬がいても、いまの世の中、不思議ではないのかも……フザケンナ……。そんな空想にぼくがふけっている間に、カノジョは店内を回り「ジャパンならではの商品」をもう一種類嗅《か》ぎつけた——『ABOBA《アボバ》』。

日本人は血液型が好きだ。「血液ガッタガタ」という歌が流行った時期もあったと聞く。来日してから、「何ガタ?」と何度尋ねられたことか。しかし、ぼくは自分の血液型を知らない。アメリカの自宅のどこかにあるはずの「出生証明書」を見れば、おそらく書いてあると思うが。「ケガしたらどうするの?」といわれても、ケガしたら血は出るだろうから簡単に調べられるし、自分で知っているつもりでも、病院ではどっちみち輸血する前に調べるだろう。

しかし血液型別コンドーム『アボバ』(AB・O・B・A)には驚いた。血液型のいかんによってサイズ・形・曲がり具合などが違うとでもいうのか。店員の目を盗みつつ、一箱ずつ開けてのぞく。コンドームそのものは、どうやら同じみたいだ。

エイズ・諸々《もろもろ》の性病等からわが身を守るためにも、女性にとっても男性にとってもコンドームは必携。女性が買って持っていてもおかしくはない。男同士で使う場合もあるだろう。けれど『ＡＢＯＢＡ』シリーズのコンドームについている「どっきん栞《しおり》」は、どれも「君と彼女の相性ワンポイントアドバイス」という設定になっていて、男が買って携帯するものと決めつけているようだ。

某くんの血液型がＯなら、「Ｏタイプ三個入りパック」に五百円を支払う。それから栞のアドバイス通りにコトを進めるがいい。もし彼女がＡＢだったら「お熱ーい恋になりそう。彼女のわがままをどこまで許せるか、が決め手。（相性度８０点）」。だが、彼女もＯときたら「ケンカしたらすぐにあやまる！　お互いに意地をすてればうまくいく。（相性度６５点）」。Ｂ型ガールフレンドの場合は「仲良し友だちペアだね。キミの包容力に彼女はメロメロ（のはずだ）（相性度９５点）」。でもＯ型くんには、ヤッパリＡ型ちゃんが理想の相手。最高の９８点にはアドバイス無用。ただただ「やったね！　うまくやっとくれ！」と。

うまくやっといてくれれば、コンドーム屋がもうかるというワケか。他のタイプのアドバイスも、ぼくらはふたりでざっと読んだ。カノジョの血液型がチョッピリ気になったが、自分のを知らないと「どっきん栞」の知恵の借りようもない。

そもそも「相性度」というのは流動的で、いくら理想のカップルでもガタンと下がることはある（はずだ）。血液型を問わず、「ケンカしたらすぐにあやまる！」というところが、相性度の分かれ道のような気もするが。大阪市中央区糸屋町……とメーカーの連絡先を書き留めて、店を出た。

部屋に戻ってみれば、待ち伏せのようにパリからファクスがきている。『チルドレン・オブ・ザ・ジャパニーズ・バブル』という本を『カラーズ』の編集者が読んで、その中で「日本のポルノ役者は特殊なローションを使っている」とあったそうだ。著者のグリーンフェルド〈その道の権威?〉によれば、潤滑が抜群で光沢もよく、カメラの映りを引き立てる(引き立てたってどうせモザイクがかかるのでは)。しかも原料は、ナマコだかウミウシだかの抽出エキスらしい。「早急に入手願います」とのお達しだが、西武の薬コーナーにはおいていなさそうな品だ。

翌日、日が暮れるのを待って覚悟を決め、池袋駅北口付近の「ビックカメラ」向かいの「大人のおもちゃ」の店へ向かった。ぼくが日本へきて最初に通った日本語学校のすぐ隣が、この店だったのだ。

母国のアダルト・ショップには思春期の頃、足を踏み入れたことがある。法律上、未成年者が入ってはいけないのだが、しかし十八になってからは、自分の体に自然についている〈おもちゃ〉だけで、なんとか間に合っている。日本のこの手の店に入るのは初体験。「あれッ?母校が……とうとうつぶれたか」。日本語学校があったビルの入り口に、「アイフル〈お自動さん〉ゆとりのクレジット」という看板が出ている。

ちょっとあらぬ方を見てスッと〈おもちゃ屋〉の中へ。何だかデトロイトのアダルト・ショ

ップと池袋のこの店とは、妙に似ている。退屈な空気がただよい、ガソリンスタンドか修理工場のようなあか抜けなさ、うさんくささもいっしょ。棚にはゴムの膣《ちつ》とかペニスとか箱入りの「ダッチワイフ（ポンプ付）」。デトロイトと大きく違うのは、スペースの狭さぐらいだ。ハンカチで額の汗を拭《ふ》き、しばし物色。そして、レジの後ろからこっちを見据えているズングリしたおじさんに、「えーと、ローションなんですけど……」と切り出した。

「ポルノ撮影で使われる」というところまでは、相手の表情はお面のごとく変わらずだった。けれど「ナマコのエキス」で意表をつかれたらしく、目つきが突然とげ立ち、「うちではそんなモノおいてません」とキッパリ。ぼくをアブナイ人間と思ったに違いない。

「当店でおすすめしているのは」と、おじさんは五十ミリくらいのボトルをケースから取り出して、ラベルを確認。「スウェーデン製のローションです」という。

「おじゃましました」と外へ出ると、回転寿司やパチンコ屋、ソープランドの看板がやけに光って見える。その足で歩いていると偶然、「ピンピン」という名前のもう一軒のアダルト・ショップを発見、ローションのことを聞いて、また手ぶらで出てきた。

「極秘ＯＳ液よりもっとミステリアスなローション。ナマコ汁ってホントかな」。パリの編集者を本格的に疑《うたぐ》り出して、アパートへ引き返し、玄関の郵便受けをのぞくとチラシが二枚。両方とも裏ビデオのだ。

そうか！「０３０……」の番号を回して、「つかぬことを……」と尋ねてみた。

「こちらは販売だけですから、現場のことは分かりかねます」。もう一つの「080……」のほうへトライ。まったく同じ返事だったので、製作会社の連絡先を教えてもらえないかとしつこく頼んだら、ガチャンと切られた。

日暮れてローション遠しの感があったが、少しはイトグチもつかめた。当然ながら、売るほうと作るほうは別々で、作るほうの話を聞かねばならない。再び夜の街へ。

おもちゃ屋ではなく、今度はアダルト・ビデオの店を探した。池袋大橋の手前に「タイヨー」というのがあり、ポルノビデオ関係の雑誌があればと思って聞いてみたら、そういうのはゴマンとあった。少し読み比べてからと思って手にしても、みんなラップに包まれている。「AVハードコア現場潜入レポート」と表紙にあったので、『アップル通信』を買って帰ることにした。

目に毒だと知りつつ、ひもといた（ま、ボカシとモザイクは親切にほどこしてあるので〈猛毒〉でもないのだが）。「ローションプレイがイヤらしい」など、ところどころでお目当てのローションは登場はするものの、その商品名や成分にはどこも触れていない。『アップル』の発行所「三和出版」に翌朝、また「つかぬことを……」と切り出すことになった。

応対に出た男性は「ローションについて、私はあまりくわしくないけど、ちょっと待ってもらえますか。ビデオの監督がいま、たまたまここにきてるんで、ちょっとかわりますね」。というワケで現場の声を聞くことができた。監督さんによれば、業界で一番使われているのは

『ぺぺ・ローション』。ソープランドでも定番だという。滑りがよくてクリアで、しかし、ナマコエキスでできているのではない。「テングサのような海草のゼラチン分を入れているのか、あるいはそれと同様のゼリーを化学的に作っているのかもわからない。アダルト・ショップなら、ほとんどどこでも手に入りますよ」

またもや暗くなるまで待って、「ピンピン」をたずね、「ぺぺありますか?」と聞いてみた。今夜は白髪のおばあさんが店番をしていて、丁寧にローションのセレクションを紹介してくれた――『ぺぺ・マッサージゼリー』、『ぺぺ・スムースゼリー』、『ぺぺ温感タイプ』、『ぺぺ・ラビングフォーム』。あまりに豊富過ぎて、どれが『カラーズ』のニーズに合うか迷ってしまい、結局は買わずにメーカーの連絡先だけ控えさせてもらった。「中島化学産業」、名古屋にある。

翌日は猛暑だった。池袋の地下街へ。ボディーショッピングめぐりを続行。化粧品で何かジャパンにしかないものはないか。目についたのは『アイトーク』。「目は口ほどに」の片仮名イングリッシュ訳か。おかしなダテ英語売り文句の下に小さく、「自然なふたえクイックメイク」と書いてある。血液型同様、二重まぶたは、欧米人同士のおしゃべりの中で話題になることは、まずない。日本にきて初めて耳にし、ぼくは最初、爬虫類《はちゅうるい》を連想した。砂漠に生息するトカゲなどは、外側のまぶたとは別に、たしか透明の内まぶたも持っている。

都内で砂ぼこりが飛んでいる日なんか、ぼくみたいな自転車野郎には羨《うらや》ましい二重まぶただ。でも、日本語のアイトークでいう「ふたえ」は、生まれながらぼくは持っている。カノジョの方は「ひとえ」だ。が、それはそれで、「目は心の鏡、瞼《まぶた》はあれば良い」と孟子《もうし》もいっているんじゃないか？

東京とパリの時差は八時間。ぼくの部屋にはだいたい夜中に電話がかかってくる。『アイトーク』のことと『ぺぺ』探究の結果を報告すると、編集者は「グレート！」と喜び、「その系統の商品を、ほかにもさらに見つけてくれ」という指示だ。

例によって、ぼくはまたカノジョに相談して、アドバイスをもらった。「女性向けの週刊誌を覗《のぞ》いてみれば。フリーダイヤルで注文するような、あやしい広告が載ってるよ」

『女性自身』だったか『週刊女性』だったか、『ヴァージンピンク』というのが載っていた。使用「前」と「後」の写真の上に大きく、「乳首のくすみで悩んでいませんか？」とある。

黒ずんだ乳首って、その女性がぎょうさんケイケンを積んでいる証拠だ、といった話を数年前に、お酒の席で知り合いのサラリーマンから聞かされた。「バカをいえ」と取り合わなかったが、同席の連中もそう信じているらしかった。本当に「バカをいえ」だ。「肌色」という単語も、ついでに勘弁してほしい。

ま、しかし、ピンク色になりたがっている日本人女性がいるのは確かだ。広告によると「おかげさまでご愛用者60万人突破」ほどいる。計算に弱いぼくだけれど、「お徳用」の百四十グラム入りボトルが一個一万八千円もするので、『ヴァージンピンク』は何億というボロもうけの品とみた。「全国共通無料ダイヤル」をぼくも回してみて、『カラーズ』について説明。無料で、見本品と「前」「後」のポジフィルムを送ってもらう手はずをつけた。

『ABOBA』コンドームのメーカーからも、フリーサンプルがどっと届き、『ペペ』も届いた。そのうち『エチケット』や『無臭ディ』も送られてくるだろう。自分がうまく交渉した成果だと、少し胸を張りたいところだったが実際は、おフランスの力が大きかったと思う。「パリで発行されている雑誌……」というと、みんな協力的になったからだ。

扇風機の前に座り、山と積んである見本をながめながら「大地震がくれば『ペペ』もろともだ」……そういえば、神戸の地震の後、豊島区役所で「防災グッズ」のカタログをもらった。「こんなんで助かるワケない」という品々ばかり。『防災頭巾』がとりわけほほえましかったのを思い出し、あれこそイザというときのためのボディーショッピングではないか、とひらめいた。

区の広報課に電話、「パリで発行……」のまじないを唱えてみたが、ご利益なし。「値段は三千円です。倉庫から届くのに一週間から二週間かかります」。ほしかったらご注文ください、とのことだった。

その夜『カラーズ』の編集者に「ほしい？」と聞くと、「ぜひぜひ。なるべくハデな色がいい。それからもう一つ、どうしても見つけてもらいたい品物が……」ときた。

「アツモノに懲りてナマスを吹く」というが、ぼくは編集者の吹聴する「ナマコ汁ローション」に少々懲りていた。ところが今度の注文ときたら、「女性用陰毛かつらを探せ」だった。

「まさか！」と眉《まゆ》に唾《つば》。「日本人は陰毛を恐れて、わざわざ見えないようにモザイクをかけているほどだ。かつらではなく、きっと女優がヌード・シーンのときにつけるカバーか何かのことだろう」と説き伏せようとした。が、編集者はビクともしない。「人づてに聞いた話だけど、大まじめで、ふつうにつけている日本人女性がいるんだって。調べてくれ。よろしく」

まぎれもないホンモノを持っているカノジョに相談しても、これだけは分からない。そうかといって、他の女に「失礼ですが、陰毛かつら、つけていませんか？」と尋ねて歩くのも無理。考えているうちに「フッサフッサ」のコマーシャル・ソングが頭の中で流れだした。

電話帳の『タウンページ』を開いて「かつら」、そこに「アートネイチャー（株）」のフリーダイヤルがある。親しくなった「つかぬことを……」で切り出す。「知りませんね」と、つれない返事。「アデランス」でも同様。

かつら業者は百社以上ありそうだ。「ア・イ・ウ・エ・オ」順に片っ端からかけてみるかと、ヤケを起こしそうになる手前で、「コマチヘア」というのが目にとまった。「伝統がささえる高品質」、これは老舗《しにせ》のようだ。住所が浅草の仲見世通り。

「はい、ございます」といわれて、ぼくは面喰《めんく》らい、「なぜ……というか、だれが……買うんですか？」とたどたどしくインタビューを開始。後で分かったのだが、電話のお相手は「コマチヘア」の岩崎隆代表取締役専務だった。

「無毛症の方。若い女性のお客様がほとんどです」

「ムモウショウっていうことは、体毛が全然ない人ですね」と確かめると、岩崎さんは「ま、そういう方もいらっしゃいますが、無毛症の方の大半は、しもの毛だけが欠如しているのです」と。

「〈しもの毛〉のかつらを身につけて、どうするんでしょうか？」

「私共は『ナイトフラワー』という商品名で呼んでおりますが、もっとも多いのは、結婚間近の方がご両親といっしょにお見えになるケースです」。従って『ナイトフラワー』が一番売れるのは五月、六月のブライダル・シーズンだそうで、修学旅行の時期もかなりの数が出るらしい。「生徒が温泉などでいっしょに入浴しますから」

「お風呂に入って、取れてしまわないんですか？」

「外科用接着剤を使えば、大丈夫ですよ」

「なるほど。でも初夜では、やはりバレるでしょう」

「人毛でできていますし、バッキングはポリ塩化ビニール、つまり〈人口肌〉なので、見た目はたぶん分からないと思いますね。しかし、その、バレないようにするというよりも、結婚生活の、最初の微妙な時期を乗り越えるために、お使いになるお客さんが多いのでしょう」

男性用もあるにはあるが、多くて年に三、四枚しか出ないらしい。

値段は一枚三万円。「宣伝しない商品なもんで」、ポジフィルムはない。フリーサンプルもなし。貸し出しできるかどうかは、「一度お目にかかったうえ」で判断したいということだった。

翌週、チャリンコに乗って浅草へ。リュックには『カラーズ』のバックナンバーと、万が一『ナイトフラワー』が破損した場合は担当編集者が一切の責任を負うという、契約書っぽい自家製の書類。

コマチヘアは「第三店」まであるが、ぼくがうかがったのは新仲見世アーケードにある「第一店」。裏口の側に自転車を止めて三階まで登ると、汗びっしょりのぼくを岩崎さんが迎えてくれた。

アンティークで頑丈な木製のテーブルに、文庫本くらいの大きさの箱がぽつんとおかれている。透明のプラスチックの向こうに、鬱蒼《うっそう》とした縮れ毛がのぞける。「どうぞ、ご覧になってください」と、岩崎さんは蓋《ふた》をはずした。

ウソのように軽い『ナイトフラワー』を、手のひらに乗せる。「人口肌」とはよくいったものだ。それに、毛はあまりにリアルで、ちょっとゾッとする。「ホンモノですか?」

岩崎さんは笑みを浮かべ、「中国から輸入した人毛ですが、陰毛ではなくて、頭髪を加工したもの」だという。コマチヘアの職人が、その毛を手で一本一本バッキングに植えつけるのだ

(三万円しても無理はなかろう。まさに職人技だ)。

しかし、形はいまひとつナチュラルさに欠ける。まんまるく開いている。「このままつけるんですか?」

「いいえ、お客さまの体形に合わせてカットします」

「縦に」、つまりハサミをかつらの中心に向けて切るのだそうだ。「横に」切ると変に毛がそろって、不自然に見えるらしい。

向かい合ってずっとお話を聞いていて、ふと気がついた。岩崎さんご自身もかつらを被《かぶ》っている。よくできているなぁと、マジマジ見過ぎたのか、彼は自分の頭を指さし、「お客さまにお勧めするもんですから、こっちも被らないとね」と笑った。

『ナイトフラワー』一枚と『DON PISHAN』接着剤一本をリュックに入れて、持ち帰った。ひとりで眺めていると、むずむずしてきて、またカノジョのアパートへ珍しい〈造花〉を見せに行った。「これはいったい何でしょう? かつらはかつらだけど……」

帰りに行きつけの豆腐屋に立ち寄り、おやじさんにも見せて再びナゾナゾ。おやじさんはおばさんとおばあさんを呼び寄せ、その騒ぎを聞いて隣の酒屋のおじさんも見にきた。まさに話にフラワーが咲いたのだ。

『ナイトフラワー』その他の珍品を、ホントは即日「DHLワールドワイド・エキスプレス」

に取りにきてもらい、パリへ旅立たせたかった。けれど、最後の品物『防災頭巾』がこなくて、一週間も待ち侘《わ》びた。

ボディーショッピング活動開始からおよそ二十日後、ようやく全品が揃《そろ》い、八百屋からもらってきたレタス用のでっかい段ボール箱に詰め、逐一のインボイスを作成。「ＤＨＬ」のお兄さんに手渡した。

やれやれだったが、正直にいうと、すべて残らずパリへ旅立たせたのではない。『無臭デイ』のチョコ味とリンゴ風味が、余分に二箱ずつきていたのをいいことに、広告に偽りなしかどうか、自分が実験台になって服用してみることにしたのだ。

三日続けて飲むと、まずオナラが微妙に臭わなくなったみたいだった。効いてる！　という喜びがあり、四日目には紛れもなく、大のほうにも効果覿面《てきめん》。五日目、六日目と、ぼくはときどき脇の下を鼻で点検。ワキガも減ってきている気配だ。

そんなほぼ無臭なぼくが、暑い昼過ぎに近所の図書館を出て、部屋へ帰ろうと歩いていたら、酒屋の前にパトカーが止めてあった。お巡りさんが、裏の路地に面した木造アパートから出てきて、車のトランクを開けている。畳んであるビニール・シートのようなものを取り出し、急ぎ足でまたアパートに戻る。近所の人が七、八人、遠巻きにしている。

「何か事件でも？」と、ぼくは酒屋のおじさんに聞いてみた。

「あのアパートに一人暮らしのおばあちゃんが住んでたんだけどね……お酒が好きなおばあち

ゃんで、しょっちゅう買いにきてたんだ。それが、十日ばかり前からぜんぜん顔を見せないので、おかしいなと思ってたんだ。でも九州に娘さんがいるっていってたから、会いにでも行ったのかなぁと思ってたら、部屋の中で倒れて、死んでたんだ」

ちょうどそのとき、風向きが変わりプ――ンと、圧倒される臭いが漂ってきた。何か肉体の、主張とでもいうような……。

ボディーというものを、ぼくはあまりにも短絡視しすぎていたのかもしれない。

「無臭ディ」をもし飲み続けていれば、死後の臭いにも変化があるのか。

それにしても、オナラが無臭というのは、なんとなくさみしい。

# Ⅳ 鼾感謝祭

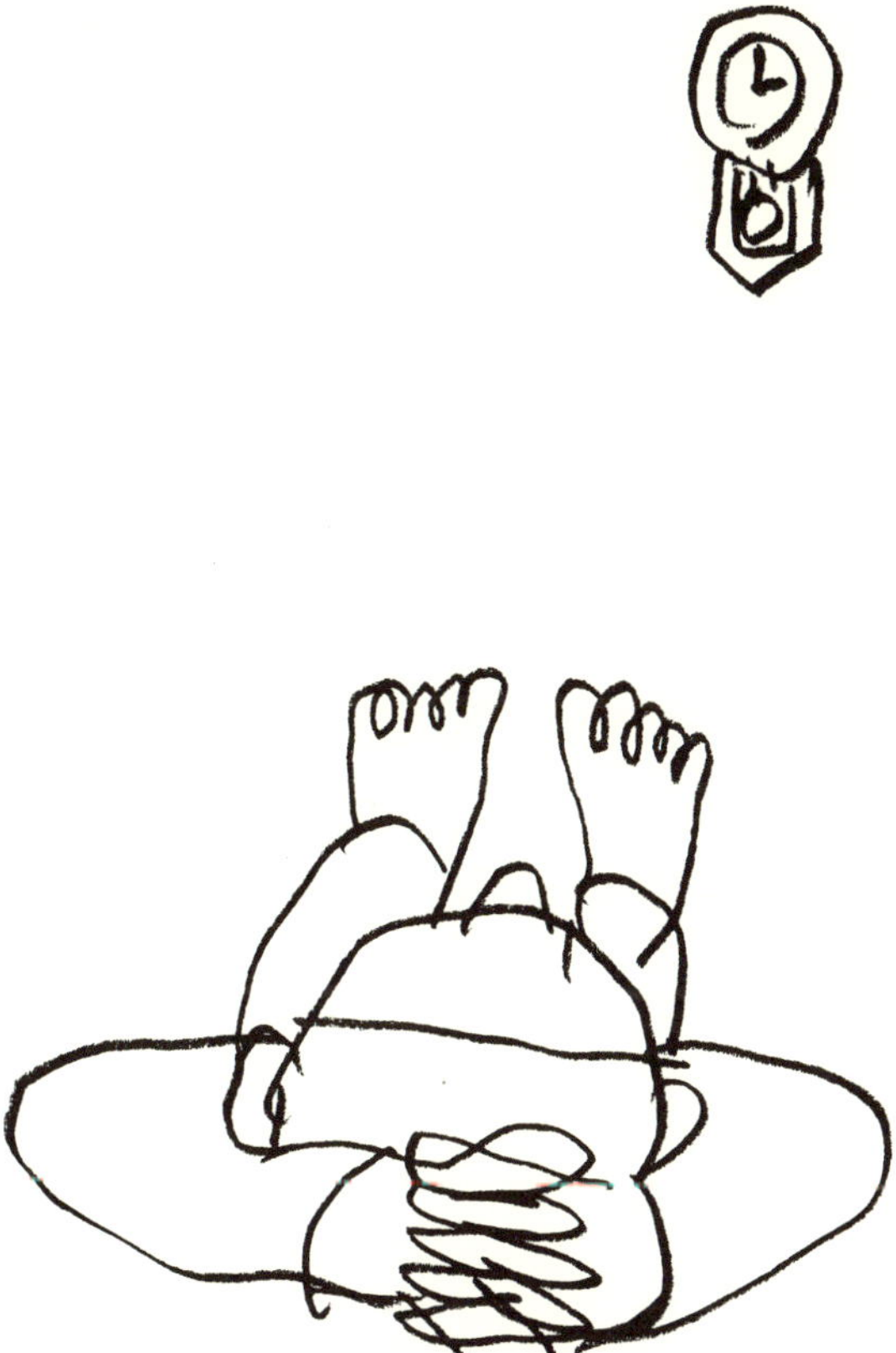

# 火鉢バーベキュー

ある単語の意外な語源を知って驚いたり、知っているつもりの諺《ことわざ》のホントの正体に出くわしてビックリしたり、言葉に何らかのショックを受けるということは、だれにでも経験があるだろう。ぼくの場合、生活の中で英語と日本語の間を行き来しているので、その回数がよけい多いかもしれない。

今までに受けたランゲージ・ショックの数々を、もしリストアップするとなったら、「火鉢」の驚きはきっとトップテンに入るだろう。ミシガンで生まれ育って二十二歳になるまでジャパンとまるで縁のなかったぼくにとって「ヒバチ」は、「ウルトラマン」以外にほとんど唯一親しみを感じるジャパニーズだった。

ジャパニーズといってもhibachiはアメリカで広く使われ、普通のイングリッシュ・ディクショナリーにも載るくらいの、れっきとした英単語だ。そして、ミシガンのわが家にあったhibachiはディクショナリーの定義どおりの、典型的なものだった。

さて二十三歳になる少し手前で来日して、日本語学校に入り、ある秋晴れの日、先生とクラスメートとみなで遠足に出かけた――深川江戸資料館へ。オールドジャパンの何もかも珍しくて、先生に「これは何ですか?」と聞いては「笠」を被《かぶ》ってみたり、「蓑《みの》」を羽織ってみたり、実物大の模型の店や家に上がり込んだりもして、はしゃぎ回っていた。

「米屋さんの家」だったか、居間の畳の上に丸い陶製の、でっかい桶《おけ》のような、釜《かま》のような不可思議なモノが置かれていた。中を覗《のぞ》けば細かい灰がいっぱい、そこにメタルのチョップスティックが差し込んである。「先生、これは?」と尋ねたら、「ヒバチ」と返ってきた。

ええッ? そんな! hibachi というのは、野外でバーベキューするためのグリル、つまりコンロで、もっと小さくて、鉄の網をのっけてハンバーガーとかフィッシュとか焼くんだよ――ぼくがノートにちょっとした図を描きながらゴッチャの英語と日本語で、先生にそう説明すると、「ああ、それはヒバチじゃなくて、シチリンっていうのよ」といわれた。館内の「長屋」で探し当てて、見てみるとなんと、まさしく「七厘《しちりん》」はぼくのいう hibachi そのものだ!

でもなんだか信じられず、その後、行きつけの八百屋のおやじさんに再確認したり、日本語の百科事典でも調べたり……。しかしどう見ても、「火鉢」というのは暖をとるための調度品で、「七厘」イコール簡便なコンロである。そしてなぜか、後者を英語に訳すと hibachi となる。

いったいなぜなのか？　ぼくの勝手な仮説に過ぎないが、昔むかし来日したとある西洋人が、一儲《ひともう》けしようとエキゾチックなあれこれを買い集めて船いっぱい自国へ持ち帰った。けれど、品物の名を覚えるとき、火鉢と七厘を混同した（あるいは荷造りの際、だれかがローマ字のタグを反対に付けてしまったのか）。そんなわけでshichirinのネーミングを受けた火鉢が、西洋では一向に流行《はや》らずそのまま立ち消えになったが、逆に七厘のほうはhibachiという名の下で、便利なオリエンタル・プチ・バーベキュー器具として、大いに広まった……。

無類のバーベキュー好きだったうちの父親は、「こいつは炭を食わないからえらいんだ」と、hibachiが気に入り、しょっちゅう使っていた。思えば自宅に一台、それから釣り小屋にも一台あった。専用の小フイゴまで持っていたのだ。

父が死んで、もう二十年になる。もしどこかで、父のゴーストにばったり会ったら、伝えたい話は山ほどたまっている。hibachi—shichirinの話も、ひょっとしてそのトップテンぐらいに入るかもしれない。おまけに「日本人はフイゴではなくてウチワを使って煽《あお》るのだ」ということと、「普通の煮炊きはたった七厘ほどの炭で間に合うところからシチリンの名がついた」ということも付け加えて。

# ワサビが似合うサンダル

たまに、近所の八百屋でアボカドを見かけると、一個買って帰り、よく熟れた頃合いを見計らって、妻と半分ずつ、山葵醤油《わさびじょうゆ》で食べる。まるで鞣《なめ》されたかのようなあの不可思議な皮に、「メキシコ産」のシールが貼《は》ってあることが多い。

メキシコの隣国で生まれ育ったぼくは、子供の時分からアボカドに親しんできた。さまざまなサラダの中で、あるいはクラッカーやポテトチップにつけるどろどろのソースで、はたまたターキー・サンドイッチにアボカド・スライスを挟んだりもして。

しかし日本に来て、山葵醤油に浸したヤツを、知人からすすめられて試食、ぼくは面喰《めんく》らった。これこそホントのアボカドのうま味だ！　と、それまでに味わった数々のアボカド料理がみんないっぺんに、イマイチの亜流のように思えた。

このavocado sashimiの発見をだれかに話したくて、当時大学生だった妹に（ちょうど何か別の用もあったかもしれないが）、国際電話をかけた。そしてすかさず、「それは当然、合うでしょう。だってCalifornia Rollっていうsushiもあるぐらいだから」と、あっさりいわれ

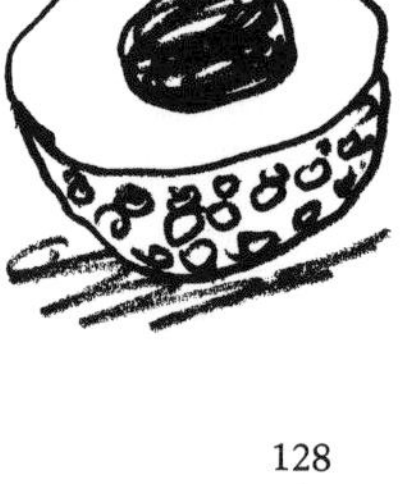

たのだ。同じ米国でも、どちらかといえば東海岸のほうに詳しいぼくは、そこで初めて「カリフォルニア巻」の存在を知り、ちょっと悔しかった。

妹は今、サンフランシスコに住んでいる。東京でアボカド・サシミを食べると、ぼくは彼女を思い出し、その履物まで頭に浮かんでくることもある。

うちの妹は完璧《かんぺき》な裸足派。ちびっ子の頃、何を履かせてもいつの間にか脱いで、何度履かせても脱いでしまい、一人で出歩くようになってからは、さすがに裸足じゃなくなったが、ほとんどいつもサンダルだ。冬以外は。

いろんな型とスタイルがあって、あまり細かいことは分からないが、妹が昔からよく履いていたサンダルの種類に huarache というのがある。底がぺしゃんこの、メキシコ風レザー・サンダルで、甲の部分に革で編んだストラップがついている。名前はメキシカン・スパニッシュからの「外来語」なので、発音もスペイン語風だ。最初の hua が「ワ」で、最後の che は「チェ」。

それくらいのことは、ぼくは知っていた。けれど、数か月前に英語で詩を書こうとして、登場人物の一人に huarache を履かせたいと思い、でもスペルがいささか不安だったのでイングリッシュ・ディクショナリーで確かめてみたら、こんなことが書かれてあった。

[from Japanese "waraji"—straw sandal] つまり「草鞋《わらじ》」という日本語が、太平洋を渡

って新大陸のスペイン語となり、メキシコ経由でUSAに入国、やがてわが妹の足まで一人歩きしてしまっていたというわけだ。

さっそく妹に教えてやろうと（でも「そんなの知ってるわヨ」っていわれたら悔しいなぁと思いながらも）、eメールを送ったら、「へえ、知らなかった」という返事が来た。ついでに「ホンモノのJapanese huaracheの履き心地はどうかしら？」とも。

エアメールの料金を考えると、いい軽さだし……とぼくは、信州山奥の栄村《さかえむら》で編まれたトラディショナルな一足を注文、今年のクリスマス・プレゼントにすることに。

海を渡って行く草鞋の旅は、また始まる。

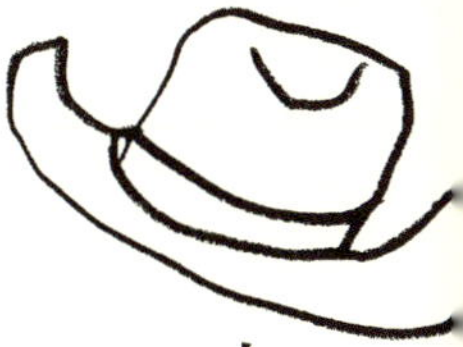

# カウボーイとソイ

ミシガンのキンダーガーデンに在籍中の頃、ぼくは大きくなったらカウボーイになってみせると決め込んでいた。そのためのトレーニングというか、希望的身なりと呼ぶべきか、毎日のように擬革のブーツを履き、「SHERIFF」と書かれた星形のブリキ・バッジを胸につけて、ところかまわずカウボーイハットを被ったり首から紐《ひも》でぶら下げたり。

最初は、麦藁《むぎわら》帽子風のヤツだったが、おねだりの甲斐《かい》あってバースデープレゼントに、黒いフェルト製の本物のテンガロンハットを買ってもらえた。首紐は上質のレザーで、赤と黒の飾り紐も巻いてあった。

「テンガロンハット」を手元の国語辞典で引いてみれば、「ten-gallon hat　水が十ガロン入る帽子の意」とある。ぼくも長いこと、そう信じていた——カウボーイの夢をあきらめ、でも、何になったらよいのか分からぬまま大学生になってしまったあたりまで。ところで、だ。

大学一年目の終わりに、ぼくの生年と同じ製造年の中古車、大きなシボレーを知り合いのおばあさんから四百ドルで譲ってもらった。格安は格安だったが、それに正比例するみたいに燃費が悪く、限られたポケットマネーでどうすれば愛車に十分なガソリンを飲ませ、自らの腹も満タン、いや、八分目にでもできようか、常々つきまとう問題だった。ただ、年末年始は、お年玉ならぬクリスマスマネーでいくらか懐が暖かくなる。というので、二年目の冬学期始めのある日、セルフサービスのガソリンスタンドでポンプを握り、メーターがチクチク回るのを眺めながら、遠慮なく注入していた。一ガロンというと三・七八五リットルだが、やがてメーターが十ガロンを過ぎ、ぼくはふと、在りし日のテンガロンハットを思い出した。「オーバーなネーミングだよなぁ……ワンリットル入れたってあふれるんじゃないか……だれが考えた誇大広告だろう？」気になって、大学の図書館の分厚いエンサイクロペディアで調べ、結果、まるで幼年期のメモリーの飼い葉桶を豪快に引っ繰り返されるような思いがした。

何しろ実際は、容積とはまったく関係ない名称なのだ——南北戦争が終結した一八六五年、ステットソンという帽子職人がソンブレロをベースに新しいデザインの紳士帽を作り出し、つばの上に巻かれた数本の飾り紐が、そのセールスポイントのひとつだった。

スペイン語で飾り紐のことをgalonというが、少しエキゾチックな雰囲気を添えようとステットソンは、これをメキシカン・スパニッシュから拝借。本当に十本あったかどうか、ともかく惜しみなく巻いてある点を10で強調して、「十本飾り紐帽」が誕生。

それが西部ではバカ当たり、ステットソン氏がたちまち富豪に。けれど、ハットを買って被

っている庶民の大半は、スペイン語の知識がなく、手っ取り早く日常米語でgalonに近い単語、つまりgallonと差し替え、あるいは混同したりして、いつの間にか帽子名のオフィシャルなスペルにも1《エル》が一本増え、今日に至るというわけだ。

メモリーといえば新宿西口の「思い出横町」で、数年前のある日のランチタイムに、心中《しんちゅう》の英和と和英のドンブリを、やはり豪快に引っ繰り返されたことがあった。横町の奥にある「つるかめ食堂」へふらりと入り、壁一面に貼られた豊富なメニューを物色していたら、「ソイ丼」が目に留まった。「たしかソイという魚があったな、手頃な値段だし、ものは試し」と頼んでみると、大豆たっぷりのカレー味煮込みをライスにぶっかけた変わり種の大丼が出てきた。

「……ソイって、ソイか！　英語のsoyだ」

意外においしく食べながら、わざわざのイングリッシュ・ネーミングの摩訶《まか》不思議について考え出し、その延長線でsoyの語源も少々気になった。部屋に帰ってディクショナリーを引っ張る——from Japanese "sho-yu" とある。おやッ！

でも、なるほど、「しょうゆ」を繰り返し早くいうと「ソイ」にだんだん聞こえてくる。さらに調べれば、どうやら三百年ほど前、「ジパング」で醬油を味わった西洋人が、「このソースの名は？」と尋ね、「しょうゆ」といわれ、「アー、ソイ……ソイソース」。それから原料について聞いて、「豆か……従ってソイ・ビーンズ」と大豆を英語で醬油豆と命名したらしい。

しかしまあ、そんな流れもののごときsoyを、逆輸入して献立のラインナップに入れ、日本語として大胆に復活させるなんて、つるかめ食堂のご主人に脱帽。

丼じゃなくてハンゴウに盛れば、あの「ソイ」はカウボーイ料理のベークドビーンズに見えること請け合いだ。もしかしたら、西部劇からヒントを得たのか。

# 鼾感謝祭

日本語を英語に訳すとき、擬音語・擬態語で苦心することがある。

もちろん、「コケコッコー」＝“cock-a-doodle-doo”とか、「お風呂でバシャバシャ」＝“splish-splash in the bath”みたいに、ぴったり合うレディーメードのオノマトペが存在する場合はすんなりいけるけれど、擬音語・擬態語に関していえば、英語より日本語のほうが断然豊富なので、うまく置き換えられない表現がどうしても出てくるのだ。

例えば「しこしこ」。前々から気になって、でもイングリッシュバージョンの決定版がいまだにひねり出せず、出くわすたびに歯がゆい。いや、口の中のホンモノの「しこしこ」ならば大歓迎だ。嚙《か》み出があって、さわやか弾力が楽しい、ぼくの好きな歯ざわり。

ところが、手元の和英辞典で「しこしこ」を引いてみれば、rubberyと訳してある。これは「ゴム」のrubberから派生した形容詞で、食べ物について使われる際、ほぼ一〇〇パーセントまずい印象を与える。「このクラゲ、しこしこしてる」は、中華料理店の客が喜んで笑顔でいう台詞《せりふ》だろうが、“This jellyfish is rubbery.”ときたら間違いなく苦情、「こんなゴムみ

たいなクラゲ食えるかッ」といった感じだ。

別の和英辞典を覗いてみれば、chewy も出ている。「噛む」意味の chew から生まれた形容詞で、おいしい場合もまずい場合も使えて、一応ニュートラルではある。けれど、含まれる歯ざわりの幅も広く、キャラメルのように粘っこくて歯にくっつくものも chewy ——「この店のソバはしこしこしている」といえば、さぞかし評判がよかろうと思うが、“The buckwheat noodles they serve here are chewy.” だと、うまいのかそれとも気持ち悪いのか、ともかくチューイングガムみたいなヌードルのイメージ。やはり気持ち悪い。


「しこしこ」のよさを、英語で伝えるには説明がいる。firm は引き締まった、歯ごたえのある様子を表わす形容詞なので、“These noodles are delightfully firm.” といえば誤解なく、肯定的に分かってもらえる。しかしそうすると「しこしこ」の音の面白さが消え、やや大味な表現になる。

イタリアンのパスタ用語 “al dente” という手は、あるにはあるが、いっそのこと造語したい——そんなところだが、なかなかぴったり合う表現が見出せない。

擬音語・擬態語を示す西洋語「オノマトペ」を、英語のスペルで書くと onomatopoeia だ。もともとはギリシア語の「名前」を意味する onoma と、「造る」の poien が合体してできた単語で、原義はその名のとおり「造語」。つまり、造語の基本は擬音・擬態であるということを、「オノマトペ」はみずからの語源で語っているわけだ。でも「しこしこ」のように、傑作オノマトペが既製品として手近にあると、造るよりも輸入したほうがいいのではと、つい考えてしまう。

shiko-shikoが英語になった暁《あかつき》には、ぼくが使いたい場面の筆頭は十一月第四木曜日の「感謝祭」Thanksgiving Dayの晩餐《ばんさん》のときだ。きまって七面鳥の丸焼きが出るけれど、ドラムスティックと呼ばれるでっかい下腿《したもも》の骨に沿って、ちょっとした筋があり、その歯ごたえはまさに「しこしこ」。子どもの頃からそれが好きで、二本しかないドラムスティックを、よくおねだりして片方譲ってもらった。だが、日本語に出会う前は、その食感を言い表わす術を、ぼくは持っていなかった。

そういえば、いちばん印象強くぼくの感謝祭体験とつながっているオノマトペは、食べ物関係ではなく、「鼾《いびき》をかく」意味のsnoreだ。

日本語には「ぐうぐう」だの「ぐうすか」だの、「グースカパースカ」まで取りそろえてあるが、英語の場合は昔々、鼾の音が「スノール…スノール…」と捉《とら》えられ、そのまま動詞にされた。頭の［s］で息が通る感じを出し、［n o］でボリュームアップ、尻尾の［r］が摩擦というか振動を演出。［e］は発音しないけれど、［t］と置き換えてsnortにすれば、豚や牛など動物が「鼻を鳴らす」意味になる。

ビナード家のサンクスギビング・デーのパターンは毎年、親類が大勢集まってにぎにぎしく、ターキーとクランベリーソースとマッシュポテト、デザートのパンプキンパイも平らげて、それから自然といつの間にか、トランプ遊びが始まる。ポーカー、ピノクル、クリベッジ、オールドメード（ババ抜き）。皿洗いを命じられた者は、途中参加となる。伯母のドローレスだけは、いつも「クッキングで疲れた」と言ってトランプに加わらず、ソファに腰を据えてミステリー小説を読む。

読むといってもページを二、三めくって、すぐウトウトしだす。間もなくこっくりこっくりへと発展して、やがて「スノール…スノール…」も開始、しだいにエスカレートしてリビングルーム中に響きわたり、最後には自分の鼾で、自分を起こしてしまうのだ。伯母はきょとんとして、寝ぼけまなこで周りを見て、再び小説を読もうと顔をしかめて集中。でも、一分もしないうちにまたウトウトが始まり、こっくりこっくり、そして、すさまじい鼾で、またもや目を覚ます。サンクスギビングがお開きになるまで、そんな繰り返しである。

毎年恒例なので、クランベリーソースのすっぱさと同様に、だれもが伯母の鼾のうるささも受け入れていた。けれど、ぼくが高校生の頃に一度、特別すさまじかった年がある。仕事の疲れと料理の疲れが重なったのだろうか、本当にトランプの妨げになるくらいの「スノール！……スノール！……」を伯母は五分、十分、十五分も続けて演奏。ぼくはとうとうしびれを切らし、ポーカーの手をおいてソファの後ろへ回り、伯母の耳の側で大きくSNORT! と、鼻を鳴らした。

みんなが見ていたので、伯母がビクッと起きると同時に、爆笑がドッと——そこまではうまくいったが、振り返った伯母は何が起こったか分かって、カチンときて、刺すような目でばくをにらみつけた上で、無言のまま二階へ上がって降りてこなかった。そのあとのトランプは、勝っても負けても、ただただ気まずかったのだ。

伯母に、一生嫌われるんじゃないかと心配だった。でも、一か月後のクリスマスには、機嫌はすっかり直っていた。

# ビバリーヒルズ丸めんこ

いま思うとずいぶん昔のような感じがするが、世の中が二〇〇〇年問題の杞憂《きゆう》で盛り上がっていた時期のこと。比較的ローテクに生きているぼくは、そんな問題なんぞどこ吹く風だったが、全盛を極める「ポケットモンスターズ」でいささか取り越し苦労をしていた。ミシガンのいとこの息子がPokemonに夢中になり、アメリカ版のゲームやグッズを集め、しかしそれだけでは飽き足らず、原産国に住むぼくのところへクリスマス前に、漠然としたオーダーが飛び込んできた。

それまでぼくは、「イエローでポチャポチャポチャのやつがピカチュウだったっけ」ぐらいの興味しかなく、まったくのポケ門外漢《もんがいかん》だった。さっそく放送の曜日と時刻を調べ、ビデオに録りながら観て、モンスターの一夜漬け勉強。あとは玩具《おもちゃ》売り場の店員に相談して、ミシガンのミレニアム少年が欲しがりそうな品をそろえた。

その年のクリスマスはアメリカに帰らず、母や妹たちへプレゼントを郵送。「来年のいまごろピカチュウは廃れて、新しいキャラクターが一世を風靡《ふうび》しているだろうか」と考えながら、

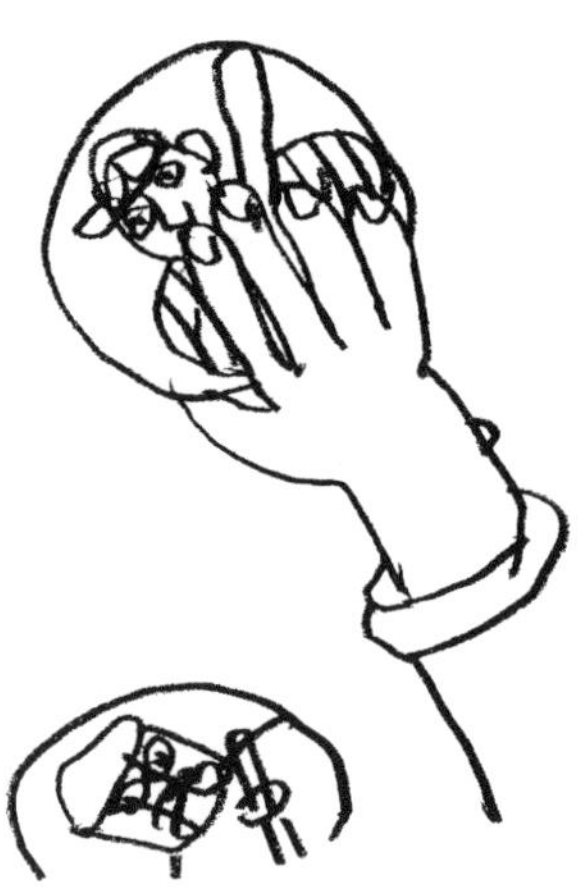

ずしりとしたポケモンパッケージもエアメールにのせた。

クリスマスが過ぎても、世界の千年祭が不発弾で終わっても、ぼくの老婆心はどこか落ち着かず、疑問が残った――日米の子供文化はこれでいいのだろうか？

小学生の頃、ぼくらだってアニメを観たり、英語吹き替え版の「ウルトラマン」にも熱中したりしたけれど、でも外でビー玉や水切り、缶蹴《かんけ》り、凧揚《たこあ》げなどやらかしている時間が断然多かった。現代っ子たちはバーチャルの世界に入り浸って、地面ではなく画面とばっかりにらめっこしている。ローテクの遊びが足りないのでは。そしてそんな悪弊を、ぼくも助長してしまったのか……。ポケットモンスターズの代わりに、例えば紙風船とか、ベイ独楽《ごま》でも送っておくべきだったんじゃないか……。


二〇〇〇年の春に、一時帰国した。そして昔、春夏秋冬のほとんどの休みを過ごしたミシガン北部の釣り小屋へ出かけた。林道沿いに一軒、駄菓子コーナーが充実している古いストアがあるが、小さいぼくは小遣いのかなりの割合をそこで費やしたのだった。久しぶりに立ち寄って、白髪がだいぶ増えたオーナーのラリーおじさんと立ち話。それから懐かしさに駆られて、駄菓子を物色し出した。

「バズーカ」というバブルガム（ミニ漫画が一枚おまけについている）と、ポップコーン＆ピーナッツにキャラメルをまぶした「クラッカージャック」（これもおまけつき）と、ぼくのそんな好物の間に挟まれた箱の中に、直径四、五センチの真ん丸いカードみたいなものがいっぱい入っている。厚さ一ミリほどの堅い紙でできていて、表にいろんな絵が印刷してある。導火線が残り少なくなった爆弾だったり、「シャークアタック」と題して、立派なフカがアメフトのボールを持って猛進していたり、アイドルのブロマイドになっているものも。裏は白紙で「3 of 12」といったふうに、何枚セットの何枚目なのか、コレクターのための情報が書かれてあるやつが少なくない。

「これ何ですか?」と聞くと、ラリーさんは笑って「そうか、きみは pogs って知らないのか。ワーッと人気が出たのがここ一、二年だからな。でも一説によるとルーツはジャパンだって、だれかがいってたけどね……」

その不思議な「ポッグズ」のルールの説明と、店の床でのデモンストレーションもやってもらって「丸めんこ!」と判明。子供文化に詳しいラリーさんでも、さすが pogs の語源までは分からなかったけれど、ハワイから北米大陸へ、そのネーミングで渡ってきたことは確かだそうだ。ま、擬音語である可能性が高い。ともかく、ポッグズ遊びに精を出すアメリカの少年少女たちは、もともと日本のものだという意識が、まるでないらしい。

めんこがわが故郷ミシガンでブームだったとは。カウンターの上に pogs の箱をひっくり返し、表の絵をひと通り見てみた。すでに落ち目の「ビバリーヒルズ青春白書」の面々だって、堂々たる三十六枚セットになっているのに、なぜかポケモン関係は一枚もなし。

ジャケットのポケットいっぱい分のポッグズと、「バズーカ」のガムと「レモンヘッド」という酸っぱいドロップも買って帰った。後者をなめながら、ニッポンのトイへ思いを馳《は》せでもう一つ、輸出してみたい遊びを考えついた。それは「福笑い」。原産国では影がすっかり薄くなっているが、アメリカに持ってくれば逆に新鮮で、復活できるかも分からない。もちろん「おかめ」にこだわる必要はなく、サンタでも人気役者でも、受けそうな顔で作ればいいのだ。

問題はそのネーミング。Lucky Laughs か Funny Smiles みたいな直訳でやったら、嘲《ちょう》笑《しょう》をかうだけの不発弾で終わってしまうのか。

# 名札

いつだったかデトロイトに里帰りしたとき、いとこの子どもから「ジャパニーズで、何ワードぐらい知ってるの？」と聞かれたことがあった。

「そうだな……何千も……」とそのときぼくは答えたが、今はもっと増えたと思う。

だがそんな中、草木の単語だけは増えずにいるのじゃないかと思う。もちろんケヤキとかイチョウのような、東京でよく見かける街路樹はだいたい覚えたし、シソやサンショウなど、好んで食べるものもバッチリ。でも雑木林に一歩踏み入ると……さて、これはクヌギかナラか、それともアズサっていうやつなのか、とサッパリだ。

都会の中の林、例えば御苑とか恩賜公園とかであれば、この点は便利だ。「何ていう木かな」と近づいてみると、名札付きの場合が多い。しかしこれがクセモノで、木をじっくり見て親しくなる以前に名札で納得がいき、三歩離れれば木の姿が頭から消え、残るは名の響きばかり。

クヌギならクヌギを、自分で探し出してその特徴を確認の上、札を結わいつけるとかすれば違うのかもしれない――実は八月六日に、埼玉の丸木美術館で、「草木に名札をつけてあげよう」という、ぼくにはおあつらえ向きの野外教室が開かれた。当日は妻と出かけ、始まる前に美術館入り。丸木位里《いり》さん、俊《とし》さん、スマさんの作品を眺め、あまりの迫力と面白さに時間を忘れ、再び外へ出たときには野外教室が終わろうとしていた。

慌てて、残っていたクワとネムノキの札を担当者から受け取り、近くの林でどうにか両者のありかをつきとめた。今でも、その二本の木を思い浮かべられる。ただ、ネムノキを英語で何というのか……。

次回の八月六日には和英辞典をしょって出かけ、札に英語名を書き加えようと思っている。結局母語でも、草木は不得意な分野なのだ。

東京の動物園の名札には和名、英名、それからラテン語の学名もついている。「エゾヒグマ」がHokkaido Brown Bear（学名なになにyesoensis）、「ニホンツキノワグマ」イコールJapanese Black Bear（なになにjaponicus）――どうして知っているかというと三年前の正月、ドイツの友人トーマスが来日し、東京のあちこちを案内して、上野ズーへも行ったからだ。

日本語が分からないトーマスにとって、説明パネルは模様に過ぎない。名札が唯一の情報源なのだ。だからか、ひとつひとつ丁寧に見る。ぼくもつられて見入ったというわけだ。スマトラトラ、ドール、ニホンザル……西園でのコビトカバ、サイ、ツノメドリ……。

そして弁天門から外へ出て、不忍池《しのばずのいけ》をぐるりと一周。ほとりの植え込みの一隅に、ホームレスが青いシートをテントがわりに張って、中から足を出して鼾をかいている。その足のすぐ側に名札が立ててあって、トーマスはそれに気づきビックリした様子でぼくに聞いた――「何て書いてあるんだ!?」

日本語のみのその札に、ホームレスの名でも載っているのか、彼は一瞬そう思ったらしい。そこには「むらさきしきぶ（くまつづら科）東京都建設局」とあったのだが。

広小路のほうへ出て、ぼくらは懐石料理の店に入った。

「七草粥《ななくさがゆ》」を注文すると、やはりトーマスは聞いてきた――「何が入ってるの？」

「カブの葉っぱ、ダイコンの葉っぱ、それから……あとはファイブ・ハーブだな」、ぼくはごまかすほかはなかった。

# ペリーとパリと落書きのスタンダード

書いてはいけないところに書くと、「落書き」ということになる。「バカ！」や「ヤなヤツ！」、ハートマークを間に挟んだ二人の名、「打倒」を挟んだ二つの暴走族の集団の名など――どれも「筆者」本人は何かに駆られてマジックかスプレーを執《と》り、多少のスリルを味わいながら綴《つづ》るのだろう。が、後日の通りすがりの「読者」にしてみれば、ほとんどの落書きはつまらない代物《しろもの》だ。目障りに思うか、わが家の外壁じゃなくてよかったと思うか、がんばって解読してもせいぜい「それがどうした」といったあたりで終わる。ま、橋の欄干に書かれたハートマークの類いなら、「どうぞお幸せに」とは思うけれど、「二人をつなぐものはひょっとして、今やこの落書きのみか」という推測も頭をよぎる。

二十一世紀のぼくらに比べ、幕末の江戸市中を歩いていた人々のほうが、風刺のきいた面白い「落書き作品」に遭遇する確率が高かったに違いない。もっとも、当時は「落書《らくしょ》」もしくは「落首《らくしゅ》」と呼ばれ、筆者たちが紙に書いて、人目につきやすいところへ落としておいたり、風

刺の的となった人物の家の門に貼ったりした。秀作は枚挙にいとまがないのだ。

米国人だからか、ぼくにはペリーの来航を揶揄《やゆ》ったものが特に楽しい。「日本を茶にして来たか蒸気船たった四はいでよるも寝ささん」や「泰平のねむりをさますじょうきせんたった四はいで夜も寝られず」が有名だ。「上喜撰」というカフェインたっぷりの茶の銘柄と、黒船の「蒸気船」をかけた駄じゃれが、今はさほどピンとこないが、当時の江戸町民をうならせたろう。

気がかりで眠れない人がいれば、忙しくて寝る暇もない人もいた。というのは、ペリー出現で日本の軍需産業がにわかに活気づいて潤い、武具馬具の職人だの鍛冶屋《かじや》だののがうれしい悲鳴をあげていたようだ。そしてそれを見透かした「武具馬具屋アメリカ様とそっといひ」という力作が出た。現在の米国の軍需産業に置き換え、例えば「爆弾屋ビンラディン様とそっとい い」のようなテロとの戦いバージョンも、つい作りたくなる。

ペリーが、来年の春にかならず戻ってくると言い残し、いったん日本を離れたあと、こんな落書が現われた――「日本にひっつきたがるアメリカをまづ春迄《まで》と引きのばしけり」。相変わらず今でも、とかく引き延ばしたがる政府の、とりわけ金融政策なんかをからかう替え歌ができそうな……。

文学の一ジャンルとしての落書・落書きが、一九六〇年代の後半にもう一つの黄金時代を迎えたといえよう。当時の反体制運動の気運の高まりと、「書いてはいけないところに書く」という反抗的な性質がジャストミート、「落書きルネサンス」とでもいうべきものが、パリを中心に開花したのだ。

六八年五月。パリ大学やソルボンヌ大学の学生たちが、警察にあれこれ叩《たた》かれたあげく、カルティエ・ラタンに「解放区」を築こうと試みた。そこへ案の定、警官隊が送り込まれて衝

突、たちまち数万人規模の市街戦に発展。ここまでくれば、労働組合も重い腰を上げてゼネストを打ち、「五月危機」となる。

結局はド・ゴール大統領の「飴《あめ》と鞭《むち》」作戦で切り崩されてしまうが、あっけない危機の間にパリ市内、特にカルティエ・ラタンの壁や塀におびただしい数の落書きが執筆された。その中には言い得て妙の名文が少なからずあり、集められてのちに「グラフィティ・コレクション」として本になったり、今では英語の「名言集」にも数多く収められている。

「真実を拭《ぬぐ》い去ることはできない、偽りをも」

「狂っているのは人間ではなく、体制なのだ」

「〈自由〉とは〈やむを得ない〉の良心である」

「〈国民投票〉＝国民が自らの手で手かせ足かせを選ぶための制度」

「資産あれば疎外なし」

ニューヨークの落書きに、パリのそれのような哲学の香りを期待するのは、無理というものだ。けれどユーモラスで皮肉のきいたものに、ところどころで出会える。

ＮＹＣに限らず、おそらく全米でも最もポピュラーなのは、レストランや公共施設のトイレに備えつけてある「エアタオル」の機械に書かれるグラフィティ。手を乾かすための熱風を吐き出すその機械の表面に、いわずもがなの「使い方」が、①から③まで印刷してある。最初に「手を洗い」、そのうえでよく「振って水を切り」、それから「送風口の下で両手をこすり合わせるようにする」と、とてもていねいな指示である。そして、そのすぐ下に、だれかがこう加筆——④WIPE HANDS ON PANTS　つまり「ズボンで手を拭《ふ》け」と。要は、エアタオルで手がちゃんと乾いたためしがないので、みなまでいうならホントのみなまでいわせてやろうと、そんな小気味のいい落書きだ。

少年の頃から、ぼくは幾度となく目にして、機会があれば自分でも書いてみたいとずっと思っているが、書かれていないエアタオルをまず見たことがない。それほど米国内での普及率が高く、まさにグラフィティのスタンダードナンバー。

何年か前に、ニューヨークのチャイナタウンで中華料理を食べたとき、店のトイレへ入って用を足し、手を洗ってからエアタオルを使った。「両手をこすり合わせるように」しながら、よく見てみると、④WIPE HANDS ON PENTSと刻んであった。なるほど、中国語訛《なま》りで発音すれば、たしかにpantsよりもpentsに聞こえる。こうして堂々と間違えられるグラフィティは、人種のルツボならではの産物か。

スペルなんぞ問題にしない「落書き文化」のたくましさに、ぼくはひどく感じ入ったうえで、pentsで手を拭いた。

# V ターキーに注意

# 鹿を追う

収穫待ったなしの時期に顔出しするので、「中秋の名月」のことを英語でHarvest Moonと呼ぶ。そして次の、欠けて満ちて再び満月となった月を、今度はHunter's Moonという。ちょうど狩猟期到来の頃に現われるからだ。

ぼくが生まれ育ったミシガン州では、野生の七面鳥やウズラ、ヤマシギ、キジ、エリマキライチョウなどの鳥類が、ハンターたちの散弾銃の的にされる。それから諸種のノウサギ、ワタオウサギも狙《ねら》われる。個体数が決して多くはないコヨーテ、クロクマさえも免除されない。

しかし狩猟の対象として、ダントツの人気ナンバーワンは昔と変わらず、今も鹿である。厳密にいえばwhite-tailed deer――日本語にするとオジロジカ。「尾白」でも、テールが全部ホワイトというわけではない。鹿が落ち着いて茂みを歩いたり木の葉を食《は》んだりしているときは、丸みを帯びた三角形のその尾っぽは、体の他の部分と同じ赤褐色に見えて、地面を指す矢印といったカッコウで尻にピタッとしている。ところが、危険を感じると鹿はピンと尾を、幟《のぼり》旗《ばた》さながらに立てて疾走。その裏側と、普段それに覆い隠されている尻の毛も、蓋《ふた》を開けてみれば眩《まぶ》しいほどの純白で、突然剝《む》き出されるとフラッシュをたいたような効果だ。暗くても仲間に伝わる、鹿同士の無言のデインジャー・シグナルになる。

ミシガンの森を散策していると、休息中のオジロジカの一群に、たまたま出くわすことがある。「あッ、いる！　二頭、いやッ、三頭、おやッ、あっちにも……」

いつもそんな具合に、尾っぽの相次ぐフラッシュで頭数を数えながら見送るのだ。

Hunter's Moonがやってくると、オジロジカ猟が解禁される。そして決まって、その後のウィークエンドの夕方、ミシガン北部の町々の広場などでハンターたちが集まり、射止めた獲物の比べっこをしたり、逃がした鹿はどのくらい大きかったかを語ったり、たいそう盛り上がる。例えばグレーリングという町では、わざわざ鉄パイプで特大のジャングルジムみたいな台が組み上げられ、その横棒からずらりと何十頭ものオジロジカが、吊《つ》るされて公衆の目にさらされる。

うちの父親は釣り好きで、ニジマスやブルックトラウトを追うのが何よりの楽しみだったが、鹿を追うことには興味がなかったようだ。釣り仲間の多くは、秋が深まればさっさと竿《さお》をしまい込み、ライフルを出してハンティングに切り替える。けれど、父は誘われても行こうとしなかった。渓流釣りのシーズンが九月末で幕を閉じても、ちょくちょく釣り小屋へ出かけ、来春に向けての毛鉤《けばり》作りに没頭するのだった。

そしてその作業机には、孔雀や雄鶏の羽に交じって、キジとエリマキライチョウの羽、オジロジカの毛も散らばっていたので、思えばそんな素材をつまんでは撫《な》でて整え、鉤に巻きつけていく父は、それを通してハンティングと接点を持っていたのだ。

季節を問わず、釣り小屋へぼくもよく連れて行ってもらったが、秋の間に一回は、三十キロほど離れたグレーリングで、広場いっぱいに吊るされた鹿を見物した。

どれもすでに内臓を抜かれていて、肋骨《ろっこつ》から股《また》ぐらまでの裂け目の奥に、うっすらと背骨の凹凸が見えるのだった。尻と尾の裏の白い毛は、半乾きの血でワインレッドに染まっていた。

俳句の季語に「秋色」「秋の色」というのがある。カラーそのものよりも、秋の気配や秋晴れの明るい景色を表わすけれど、その言葉を見るとぼくはどうしても、条件反射的にオジロジカの、あの血染めの尾がパッとよみがえる。それから、その延長線でHunter's Orangeというド派手な橙色《だいだいいろ》も目に浮かぶのだ。

そもそもアメリカの秋は、ハロウィーンのお化け提灯《ちょうちん》だのサンクスギビングのパンプキンパイだので、巷《ちまた》にカボチャがあふれ、その色が季節の飾りの基調を成す。Hunter's Orangeも、そんなバリエーションのひとつといっていいが、目的は装飾ではなく、身の安全だ。ミシガンのハンターたちにとって一番危険な存在は、絶滅に瀕《ひん》しているオオヤマネコでもピューマでもなければ、もちろんオオカミでもなく、なんといっても他のハンターである。

視力が衰えても鹿狩りをやめようとしない者がいるし、銃を握るとむずむずしてくる者もいる。「酒気帯び狩猟」だって珍しくない。ハンターがハンターを撃ち止めてしまうアクシデントが後を絶たないので、「やれ撃つな」の危険信号として、なるべく人間の目につくようにと考案された色がHunter's Orangeだ。逆に、白を危険信号にしているオジロジカにとっては、あまり目立たない色らしい。

武器を持たず、何も追わずに森を散策する者にしてみれば、狩猟期はただただ騒がしく、お

っかない。だから父は長時間、釣り小屋の隅の作業机に向かっていたのか。それにしても、やはり川向こうの丘に登ったり、下流のビーバーの巣を見に行ったり、ハンターに遭遇するかもしれないところを歩くことも、少なからずあった。その際、父は帽子からコートから手袋までHunter's Orangeで決めて、ぼくもばっちりオレンジ一式を身につけるのだった。母親も妹も同様で、おまけにコートの上に着る蛍光色のチョッキと、腕に巻くマジックテープのバンドもあった。

鹿狩りに興味のない父が、頼まれもしないのに毎年、ハンターが捕った鹿の見物につれていってくれたのは、実はHunter's Orangeのことが目的だったのではと、いまになって思う。つまり、こっちが面倒臭がらずに安全のためのオレンジを着用するように、狩猟期の生々しい風物詩を見せて、危険を実感させる——父がそう狙っていたかどうかはともかく、そんな効き目があった。

「鹿を逐《お》う猟師は山を見ず」というが、猟師が多ければ多いほど、山を見るだけでいい人も落ち着いて見ていられなくなる。ぼくなんか、秋の森でオジロジカと出会うと、相手のことが心配になり、つい帽子かコートか、せめてマジックテープのバンドくらい貸してやりたい衝動に駆られる。

ピンと立てた白い尾で、「大きなお世話だい」とでもいうように、鹿は木々を縫って、消え失せる。

# 不法侵入と母の教え

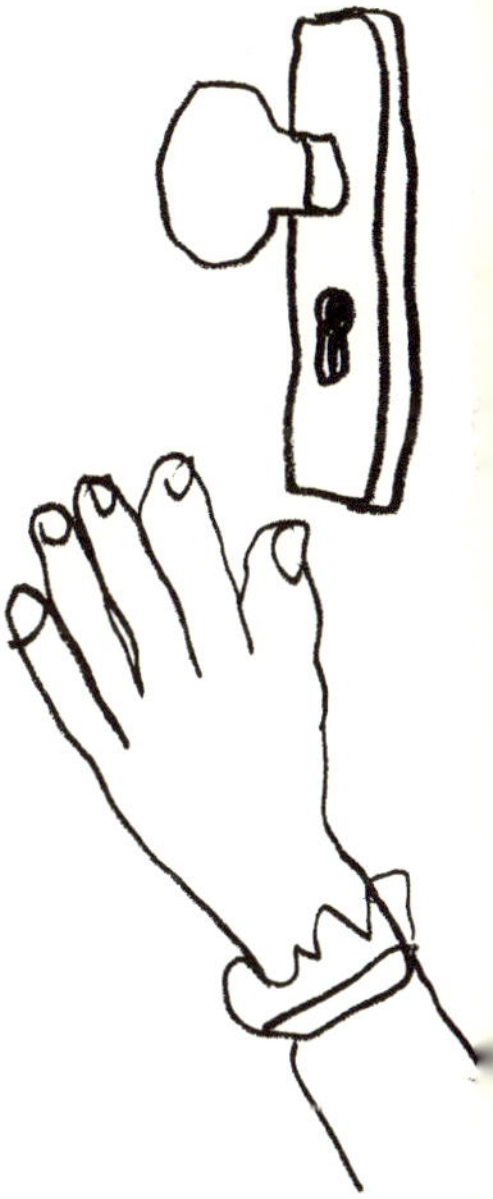

母親というのは意外な、子どもが夢想だにしないような側面を持っている。生まれたときから、いや、その前からも密接な関係なのに、こっちが三十路《みそじ》に入って初めて「えッ、そうだったのか!」とびっくりさせられることがある。近い存在だからかえって全体像が見えない、といったところか。

わが母は、どちらかといえば家の中の「警察」、つまり子どものぼくらに(ときおり父にも)ルールを守らせる役割だった。愛情も惜しまず注いでくれたし、必要ならいつでも力になってくれたが、ぼくが何か悪さをやらかしバレたらどうしようと思ったとき、怖かったのは父親ではなく母親だった。それにまた、悪さを嗅《か》ぎつけたりウソを見抜いたりする母のテクニックは、実に手ごわいものだった。

ある時期から信用してくれたのか、マザー・ポリスではなくなり、むしろ友人のような感じになった。だが、ぼくの意識のどこかに「正義の味方・母」のイメージが根強い。

何年か前、久々に帰省して、母とふたりで夕飯を食べながら昔のことをあれこれ話したときだ。今や笑いぐさのぼくの悪戯《いたずら》、例えばスクールバスに雪玉をぶつけて、捕まって二週間も乗せてもらえなかったこととか、遊泳禁止の湖で泳いで、警察署まで連行されたこととか。そこへ母が、こんなエピソードを語り出したのだ。「わたし、小学生のころ、仲良しの友だちと三人で、よく他人の家に不法侵入して遊んだのヨ……」

えッ、盗みか⁉ と驚いたら、そうではなくて何も盗まず、ただ（ただ？）忍び込んだだけだという。母は裕福な家に生まれ、物質的にはなんら不自由なく育ち、仲良し共犯者のボニーとペギーも同様。欲しい物を何でも買ってもらえることの、その逆説的な物足りなさに駆られて、手を染めたようなのだ。

最初は自分たちの家々でこっそり、針金やヘアピンなどを使ってドアのロックを開ける練習。めきめきと上達し、母はしまいに錠前屋《じょうまえや》を凌《しの》ぐ腕前に。そして三人で、面白そうな家を一軒選び、そこに住む家族が出かけるまで見張り、その留守に……カチ……とカギを開けて侵入。三人一列になって、家中を一通り回って見物。家具や置物に少し触ったり手に取ってみたりはしたが、いつも元の位置に戻す。住人が予想より早く帰宅し、間一髪で裏口から逃走したこともあったらしい。けれど、捕まったことは一度も。

町外《はず》れの沼地の近くに小さな家があって、そこに町の廃品業者のおじさん、家族六人が住んでいた。自分の近所の邸宅をほぼ侵入し尽くした母たちはある日、隙《すき》をうかがってそこへ忍び

込んだ。

今まで見物してきたのと違って、内装がとても質素で、ソファに黄ばんだシーツがかけてあったり、また台所で、なんだか見覚えのある古ぼけた椅子《いす》……「あッ、うちのだ！」

何年か前、母の家がインテリアの模様替えをしたときに捨てた椅子が、ここで生き延びていた。子供部屋にも、母本人が捨てた壊れたおもちゃが、修理されて置かれてあった。

母はいった。「驚きというよりも、見て回っていてだんだんと羨《うらや》ましくなった。自分の家にはないぬくもりのようなものを感じたからだ。そして、他人の家に侵入して遊んでいる自分が、ひどく恥ずかしく思えた。もうしないと、その場で決心したの。月日が経っても、ときどきあの家を思い出して、いつか自分が家庭をもったら、物じゃなくてああいうあたたかさを大事にしようとも思ったわけ」


警察というのは、犯罪者の手口を熟知していなければならない。そういった意味でも、わが家の「ポリス」に母は適任だった。けれど思えば、父が躾《しつけ》なるものにあまりに無関心だったので、母は仕方なくそんな嫌われ役をつとめていた面もある。ルールを守ることもそうだが、「あたたかさを大事に」というのも、何かにつけ母から教わった。

針金でロックを開ける技術は、何度頼んでも、教えてくれないのだが。

# ハロウィーンの恐怖

「昔はよかった」「古きよき時代が懐かしい」「今昔の感」「世も末だ」——こんな類いの表現は、三十代の自分にまだ似合わないし、なるべく使わないようにしたいと思う。しかしハロウィーンの話題になると、つい口から出てしまう。懐古趣味を捨ててシビアな目で、客観的に今と昔を比べてみても、昔のハロウィーンのほうが断然よかったからだ。

　十月三十一日は今も昔も、祝日扱いではない。たまたま週末に当たる年もあるが、ほとんどが平日で放課後、働く親も帰宅したあとの、夜の数時間に集中したお祭り。親戚《しんせき》が集まって祝うというよりも、近所で遊んで過ごすのが一般的だ。そしてなんといってもメインイベントは trick or treat——仮装した子どもたちが付近の家々を訪ねて、大人たちを可愛《かわい》く脅かす。

「お菓子ちょーだい、くれないとイタズラしちゃうぞ！」

　どの家も菓子を用意して「トリック・オア・トリーターズ」がやってくるのを待つけれど、その中身が今と昔とではまるで違うのだ。ぼくが trick or treat に初めて出かけた頃は、例えばホームメードのクッキーや peanut brittle という落花生入りの豆板や、ポップコーンに

キャラメルをからめたpopcorn ballなどがたくさんふるまわれた。リンゴをナッツ入りのキャラメルに包んだcandy appleといった果物系の菓子もかなり多く、中にはリンゴやオレンジをそのまま配る家もあった。トリートを玄関先で渡されたり、上がり込んでコスチュームをちゃんと見せてから頂戴《ちょうだい》したり、各家の雰囲気と自家製の菓子を味わえる日だった。

ところが一九七〇年代に入ってから、ばっちり包装された市販の菓子類を配る家が増え、ホームメードが減少していった。果物もがくんと減り、子どもがもらってきても、両親がそれを取り上げ捨ててしまうことも各地で一般化した。アメリカ人の食生活がいきなり変わったわけではない。原因は、マスコミによればハロウィーンで配られるリンゴの中には、カミソリの刃が忍ばせてある、かもしれなかったからだ。また、自家製のクッキーに一服盛られている可能性もあり、ポップコーン・ボールにはもしかしたら下剤が。市販のものなら、親が検査した上で、まあまあ安心して食べても大丈夫……と。

ぼくが中学に入って、trick or treatを口にするのがいよいよ恥ずかしくなった頃には、ハロウィーンはもう隣人と触れ合う祭りから、隣人をいぶかしがる祭りに化けてしまっていた。ハロウィーンの菓子でなんらかの被害をこうむった人は、自分の友だちにも親戚にも、知り合いにも、知り合いの知り合い、同じ学校の生徒の中にもだれ一人いなかったが、毎年そんな吹《ふい》聴《ちょう》が盛んに飛び回り、きっとどこかで恐ろしい事件が起きたのだろうと思っていた。Barry Glassnerの著書『The Culture of Fear』*(Basic Books社　一九九九年)を読むまでは。

グラスナー氏の調べでは、ハロウィーンの危険菓子を最初に報道したのは、『ニューヨークタイムズ』紙だったようだ。一九七〇年十月二十八日、「トリートはトリック入りの可能性も」の見出しで、ハロウィーンの記事を掲載した。「近所に住む優しそうなおばあさんから、あなたの坊やがもらう赤く熟したリンゴ。その中には、カミソリの刃が潜んでいるかもしれない」といった調子でtrick or treatがどんなに子どもに危険か、派手に恐怖の種を蒔《ま》いた。すると、翌年から他のメディアも同じ切り口で取り上げ、翌々年も、次の年もどんどんと「毒」が米国の津々浦々に広まった。

十五年近く経って、社会学者のJoel Bestが、はたして本当にみんなが考えているほど物騒な世の中なのかと疑問視し、独自の調査を始めた。一九五八年までさかのぼって、ハロウィーン関連事件のすべての記録を調べ上げ、徹底的に洗い直した。判明したのは、子どもがハロウィーンにもらった菓子で死亡した事件はゼロ、一切起きていなかった。さらに、子どもが重傷を負った事件も一つもなかった。一〇〇パーセントでっち上げの「毒」がばら蒔かれたのだった(ハロウィーンの日に、父親が保険金目当てにわが子を青酸カリで毒殺し、近所のだれかのせいにしようとした事件が、一つあるにはあったが)。

『The Culture of Fear』の中でグラスナー氏は、マスコミがあまり取り上げなかったベスト氏の調査結果を、改めて報告している。そして事実無根のデマがなぜあれほど流布したのかについて、鋭い仮説を立てる――実際は、子どもを殺すのは家族のだれかである場合が圧倒的に多いが、その問題を直視するよりも、俗受けする悪魔的隣人説に走るほうが楽。また、ベトナム戦争の反対運動が高まる中で、より自由な社会環境と、形式にとらわれない家庭のありようを、多くの米国人が求めていた時代でもあったから、そうした動きを牽制《けんせい》するねらいもあったろう。つまり「秩序と風紀が乱れれば恐ろしい事件が多発する」という印象を、国民に植えつけようとしたのではないか、ある勢力が。

もう一つ いえるのは、視聴率を上げたり新聞や雑誌を売ったりするには、恐怖をあおるのが手っ取り早い。しかもかなり有効な手段だ。無論、大手食品会社も、市販の菓子が飛ぶように売れるハロウィーンを大いに歓迎したはず。

真っ赤な嘘であろうと、いったん広まってしまえば、放射能同様、きれいに取り除くことがなかなかできない。ハロウィーンがもし人間だったら、名誉棄損の訴訟を起こす手が、あったのかもしれないが……。

祭りを傷つけた犯人の特定は無理にしても、被害者は紛れもなく、子どもたちだ。

＊邦訳『アメリカは恐怖に踊る』（草思社　二〇〇四年）

# ターキーに注意

去年の秋、オハイオの自宅の最寄りの消防署に、こんな標語の書かれた横断幕がかかっていた。“Defrost before you deep-fry.”「解凍してから揚げましょう」。料理のアドバイスとしては適切だが、なんだか当たり前すぎる感じもした。しかし消防士たちがわざわざ、市民にそう呼びかけざるを得ないハメになったのにはわけがあって、前年の秋にさかのぼる。

十一月の第四木曜日、そう、それは毎年ありがたい四連休をもたらしてくれるサンクスギビング・デー。その日に七面鳥を食べなければ、愛国心が足りないのではといぶかられるほどメニューは決まっている。全米で年間、およそ四億羽の七面鳥が食されているというが、その半数近くがサンクスギビング向けに出荷されている。ほとんどの家庭では、オーブンでゆっくり焼くのが昔からのシキタリだ。けれどおととしから、南部のある地域に細々と残っていた一風変わった調理法が、全国的に流行り出したのだ。火付け役はどうやら、なにかと話題のカリスマ主婦、マーサ・スチュワートあたりだったらしい。

「サザーンスタイル・ディープフライド・ターキー」のレシピはいたって簡単――でっかい鍋《なべ》

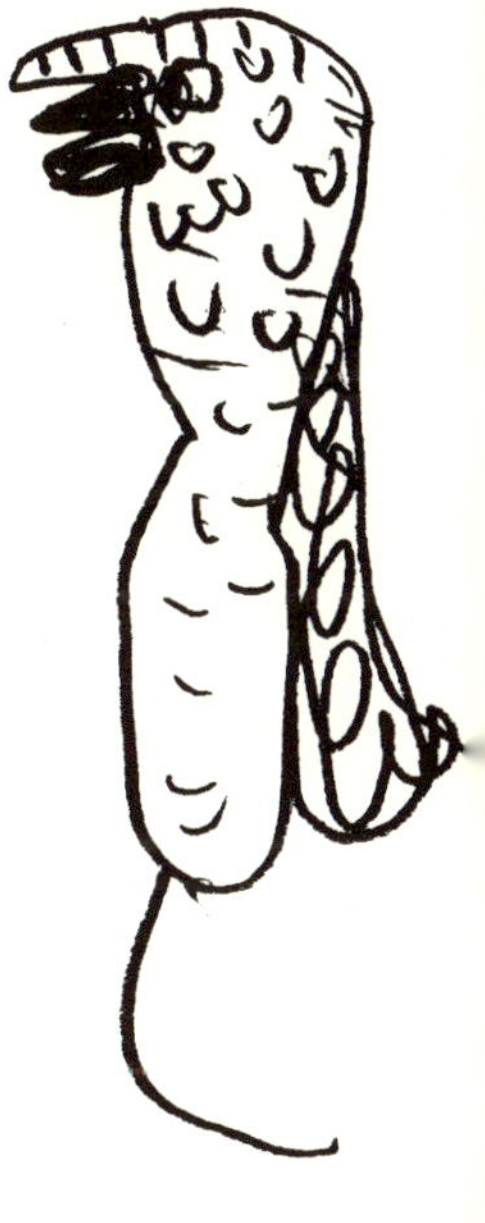

にどぼどぼっと落花生油を注いで火にかけ、ぐらぐら煮え立ってきたら、七面鳥をまるごと入れてこんがり揚げてしまう。ピーナッツの風味が食欲をそそり、コレステロール値さえ度外視すれば、おいしくいただけるというわけだ。料理番組や雑誌で大いに紹介され、どこでも使える便利なコンロ付ビッグサイズ揚げ鍋も、飛ぶように売れたとか。

しかし問題は、アメリカのスーパーにごろごろと並べられる七面鳥の多くが、冷凍物だったこと。小ぶりなヤツなら一羽は四、五キロ、特大ターキーとなれば十キロを優に超える。自宅でテンプラなどやったことのない、インスタント一辺倒の生活を送っているような人たちが、「せっかくのお祭りだし、よし、豪快にやってみようじゃないか」と揚げ鍋を買ってきて、ポーチかガレージでうきうきと準備し、煮えたぎった油の中へ、冷凍庫から出したばかりの七面鳥を、なんのためらいもなくドボッ。

いうまでもなく、跳ねて飛び散ってこぼれた油がコンロの火で派手に炎上、爆発、たちまちポーチかガレージの天井に火が届き、あれよあれよと家中に燃え広がり全焼。命を取り留めたことだけを、焼け跡で神に感謝する。

信じられない話だが、そういった「ターキー火事」が多発して、事態を重く見た各地の自治体は、翌年の感謝祭に備えて、クッキングのワンポイント標語横断幕を、なけなしの税金で作ったのだ。また、十一月に入ってからテレビでも注意をたびたび呼びかけ、凍った七面鳥を煮えたぎった油に落とすとどうなるか、そんな実験のフィルムも繰り返し流した。にもかかわらず、やはり去年も「ターキー火事」があちこちで発生。件数が少し減ったことはキャンペーンの成果といえようが、さて今年のサンクスギビングに母国はどのくらい燃えるのか。

七面鳥を落花生油で揚げてしまいたくなる気持ちは、分からなくもない。なにしろアメリカのスーパーで売っているBroad-Breasted Whiteというタイプのターキーは、不味《まず》くはないが面白くない。単調で、無難極まりない、画一的な大量生産食品だ。いっそのことカリカリのピーナッツ風味にして、ファーストフードばかり食べている日常のうっぷんを手っ取り早く晴らしたい衝動が現われたとしても不思議ではない。

米国民が年間に食べている四億羽の七面鳥の九九・九パーセント以上がBroad-Breasted Whiteの一種類に属する。訳せば「白豊胸」、ともかく胸肉を増やすために遺伝子を散々いじくられ、二十世紀後半に人工的に作られた「怪鳥」だ。飛ぶことはもちろん、走ることも交尾することもできない。気温が一定に保たれる巨大ハウスの中で、人工授精のみで繁殖して、ろくに動けもせずただただ食わせられ、やがて三、四か月でできあがり、機械で絞められて商品に。

ぼくぐらいの世代になってくると、ほとんどの人がBroad-Breasted Whiteしか口にしたことがなく、七面鳥ってそんなものだと、みな思い込んでいる。だがぼく自身は、たまたま味比べができる環境に恵まれた。野生の七面鳥狩りによく出かける父の友人が何人かいて、その獲物を一羽、譲ってもらった年があった。また、ぼくの友人にも一人、今でも毎年捕ってくるヤツがいて、タイミングよく帰国すると、ごちそうしてくれる。ワイルドターキーの肉の芳《こう》ばしいこと！　どこかフルーティーで、見事にしまっていて、その上、口がとろけるほどジューシーだ。ハウス物とは雲泥の差。

それも当然といえば当然。木の実や草や種やさまざまな昆虫、森の実りをついばんで生きているのだ。空高くとまではいかないが、wild turkeyはそこそこ飛べるし、地上ではその立派な足が鹿も顔負けのスピードを出す。ターキーのたくましさと凜々《りり》しい風貌《ふうぼう》、さらにその肉のうまさにも魅了されていたベンジャミン・フランクリンは、情熱をもってアメリカの国鳥候補に推薦した。そして一七八四年一月二十六日、サラ・ベシエ宛てに書いた手紙の中で、国鳥に白頭鷲《はくとうわし》が選ばれたことを嘆き、ここでもターキーを賞賛していた——「七面鳥のほうがはるかに気高く、正真正銘のオリジナルで、どこまでもアメリカならではの鳥だ」と。

こよなく愛したオリジナルが、環境破壊で数が少なくなり、交尾もできない奇妙なコピーばかりが大量に作られる現状を知ったなら、フランクリンは何と嘆くだろう。

彼の自伝には、後世へのアドバイスがいろいろ載っているが、今のアメリカに当てはまるものが少なくない。例えば、「鈍くなるまで食うな。いい気になるまで飲むな」

食文化への鈍感さは、いったいどこまで進行するのか。

# 兎に化けた蜘蛛が狼を馬鹿に

今年の春、西アフリカへ行くことになっている。目的地はコートジボアール、「象牙海岸」といったほうが分かりやすいかもしれない。人々の生活の様子を取材して、ツェツェバエをどうにか避けながら民話も収集、帰国後、子ども向けの雑誌でもろもろを紹介する予定だ。

去年の暮れに、雑誌の編集者から渡された〈前もって読んでおくべき本〉の中には、『語りつぐ人びと・アフリカの民話』（福音館日曜日文庫）という一冊があった。目次を見ると、地域別に話が分けられていて、コートジボアールからは何も載っていない。隣国のガーナからも、リベリア、ギニア、マリ、ブルキナファソからも。少しがっかりする反面、わくわくもしてきた。日本語ではまだ紹介されていない民話を、ホントに発掘できるかも……でも民話というのは身軽に、パスポートなしに越境するからなぁ……。

まず、載っているものの中でコートジボアールに一番近い、ナイジェリアのハウサ族の話から読み始めることにした。その第一話が「ギゾの畑」――主人公のギゾは蜘蛛《くも》。本当は彼の落花生畑ではなく、王様のものなのだが、ギゾはそこをわが物顔に歩き回り、チビのくせにはったりをかけたりして、平気でピーナッツを喰《く》い荒らす。

しかしそのうち、王につかえる山犬の提案で、ネバネバという物質から案山子《かかし》が作られ、畑の一角に立てられる。案山子を見るなりギゾは、人間だと思い込み、「おっすッ」と偉そうに。返事がないと、無視されたかと立腹、また「おいッ」と声をかけてみる。またもや無視。「ばかにしやがって！」と、今度はギゾが殴りかかってすっかり、蠅《はえ》取り紙ならぬ〈蜘蛛取り案山子〉の虜《とりこ》に。

ネバネバの案山子が登場したとき、ぼくは「おやッ？」と思った。そしてギゾがそれに挨拶《あいさつ》したとき、「へえッ……でも、まさか」と思った。でもぶん殴ったり蹴《け》ったりして、手足がくっついて身動きできなくなった時点ではもう、驚きと懐かしさがこみ上げて「やあ、ブレア・ラビット！　奇遇だなぁ」と、しばらく笑いが止まらなかった。蜘蛛のギゾが、実はアメリカ南部の黒人の民話の主人公であるBrer Rabbitと、同一人物のトリックスターだったからだ。

「ブレア」とは（イギリスの首相とは関係なく）、方言で「ブラザー」のこと。この場合は「どん」か「くん」のように、親しみを込めて男性の名前につける言葉だ。すばしっこくて陽気で、機転が利くし切れるし、体は小さいが負けん気の、そんな〈兎どん〉が活躍するのは、昔のプランテーションの黒人が語り継いだ話の中。

南北戦争のころからジョエル・チャンドラー・ハリスという白人が、奴隷または元奴隷の語《かた》り部《べ》を何人も訪ね歩いて、その話を方言のままで表記。それから、語部たちの魅力をまるでギュッと一人に凝縮するようにしてUncle Remusというおじいさんを作り、『アンクル・リーマスの語った話』として民話を本にした。

百八十五話の中で特に有名なのは、タールの人形の話——狐がネバネバのタールでこしらえた人形を道端におき、生意気な兎が「おっすッ」と挨拶、無視されると殴ったり蹴ったり、ギゾとまったく同じ行動をとる。そしてギゾ同様、知恵を働かしてうまく逃れるのだ。

ぼくと同い年のアメリカの友人に、『ドリトル先生』で育ったヤツがいれば、『クマのプーさん』で育ったのも『千夜一夜物語』で育ったのもいる。けれど、うちはもっぱら『アンクル・リーマス』だった。ぼくにとって最初で最強のヒーローは、文句なしブレア・ラビットだ。

今になって思えば、父親もよっぽどのファンだったのだろう。毎晩のように読んでくれたが、父のような北部の白人にとっては、初見ではとても読めないくらい方言が濃厚だ。それでもよどみなく、いつも兎や狐、洗熊《あらいぐま》、袋鼠《ふくろねずみ》にもそれぞれの声色を与えながら読み聞かせてくれていた。きっと前もって練習したに違いない。

そしてそれだけでなく、あるときから父親が兎に化けて、その姿で聞かせてくれるようになった。小さいぼくを、だいたい夕飯の後、母がお風呂に入れていたようだ。ゴシゴシが済み、ブリキの舟とゴムの鴨《かも》と遊ぶのにそろそろ飽きてきたころ、玄関のベルが鳴る。いつもなら応対に出てから相手を家中に入れるかどうか、慎重に判断する母だが、こういうときだけはどうしてか明るい声で「どうぞ、開いてますよ」

するとピョンピョン、というよりもピョドンピョドンと足音が聞こえ、間もなく「ホッピティー・ラビット」が登場——ぼくの穿《は》かなくなったズボンを、耳のつもりで頭に被《かぶ》り、鼻の両側に兎のひげをアイライナーか何かで描き、ブルーのオーバーオールを着た父親が、バスルームのドアを開けて覗《のぞ》き込む。

母は「ホッピティー！　まあ、よくいらっしゃいました。ちょうど終わるところだわ」と、ぼくをさっとタオルで乾かしてパジャマを着せ、父に渡す。ホッピティーの肩車でベッドルームまで。それから『アンクル・リーマス』の本が開かれ、ブレア・ラビットが登場。

大人のぼくは日本へきて、日本語で詩やエッセイを書くようになり、いつしか詩集を作りたいとか、絵本を描きたいとか思うようになったのだが、そのずっと奥には『アンクル・リーマス』の全訳を手がけてみたいという思いもある。ときどき本棚から取り出しては三、四話を読み、和訳のことをあれこれ思う。だが、まだ取りかかるには早いと、やがて棚に戻す。

何しろ大変な分量だ。それに、幼年時代からぼくの耳に入っているとはいえ、その方言のニュアンスを完璧《かんぺき》に捉《とら》えるには、原文をもっと読み込まなければならない。そうしながら子どもの時分の、聞き手としての体験をもう一度見直すことも必要だろう——この話のどこが、心にどう響いたか。日本語の中で、それをどう再現すればいいのか。

アメリカの黒人の民話は、その多くがアフリカにルーツを持つといわれている。しかしブレア・ラビットが蜘蛛のギゾの化身で、アフリカ行きの準備のしょっぱなにぼくが彼に出くわしたのは、何か、リーマスじいさんからのオツゲのようにも思えた。「翻訳を開始せよ」とでもいうような。

ちょうど同じ時期、つまり去年の暮れに、石井桃子さんにお会いして、『クマのプーさん』の原作者A・A・ミルンについておしゃべりする幸運に恵まれた。プーの名訳を参考にしながらブレア・ラビットを日本語にしていけば……などと考えながら、ぼくは石井邸へ向かったものだ。

雑談の中で、ふと『アンクル・リーマス』のことをぼくが持ち出すと、石井さんは「ミルンも子どものころ、そのアンクル・リーマスに魅了されたそうですよ」とおっしゃった。そして、ミルンが自伝に書いた次のエピソードを、話してくださった――

父親が毎晩、幼いミルンの三人兄弟に、一話ずつ読んで聞かせていたらしい。出張で父親が留守だったある晩、ミルンたちはかわりに読んでもらおうと、住み込みの家庭教師のところへ本を持って行き、「ここのページから」と頼んだ。家庭教師が読み始めた。いったいぜんたいリーマスじいさんに何というアクシデントが起こったのか!? 耳を疑って、三人はひどくがっかりし、それからというもの、方言が読みこなせない人には二度とその聖なる本を渡さなかったという。

『アンクル・リーマス』の和訳が出ていることも、石井さんがそのとき教えてくださった。のみならず、後日、その『ウサギどん　キツネどん』（岩波少年文庫）という訳本を、石井さんからいただいたのだ。

難しすぎて日本語に訳す人はだれもいなかろうと、てっきりそう思っていたら、なんと半世紀も前に、八波直則《やつなみなおのり》氏が三十四話を世に出していた。まずは「タールぼうずの話」から読んでみることに。

日本語の豊かな擬音語を使い、原文に近い雰囲気を醸し出していて、とてもいい。ただ、あら捜しをしてみれば、やはり方言が難解で意味が摑《つか》めなかったのではと思われる箇所もある。

あら捜しをする暇があったら、八波氏が訳していない残りの百五十一話を早く訳せ――そう自分で自分を叱咤《しった》して、やっと取りかかった。ブレア・ラビットがライオンをへこました話の、その次の話「Heyo, House!」から。

「コンチワ、家《うち》どん！」

兎は、もともと、体が小さいわりには態度が大きかった。なにしろサラブレッドに負けないくらいすらっとしていて、毛並みがサテンのようで、頭もよく、なかなか器用な男だったからだ。そしてライオンをこらしめた後は、ほかの動物たちがみな「えらいもんだ」「たいしたもんだ」と口々にいうので、兎の鼻がますます高くなる。おもてを歩くときは、新品のブーツを初めて履かせてもらった子どものように、誇らしくて嬉《うれ》しそうだった。

毎日そんな光景を目にして、やがて狼《おおかみ》は、兎のことが鼻持ちならなくなった。ライオンがやられても、兎なんかよりオイラの方が上だと、牙《きば》をといですきをうかがっていた。

ある日の昼さがり、兎が用事で出かけ、奥さんと子兎たちも、野原へ夕飯のサラダ菜をつみに行った。

「よしよし」狼はしめしめとばかり、留守になった兎の家《うち》にしのびこみ、静かによだれをたらして、ダンナの帰宅を待ちぶせすることにしたのだ。

しばらくして、用をすませた兎が闊歩《かっぽ》しながら帰ってきた。けれど、いくら闊歩していても、するどい勘《かん》のはたらく兎のこと、前庭へ入るなり、あたりがやけにシーンとしているのに気がついた。家《うち》の玄関を見ると、ドアがほんの少し開いているではないか。出かけるときは、奥さんも子兎たちもいつもドアをちゃんと閉めて、かけ金《がね》をかけて行くのに、あやしい。

まるでホットケーキの上を、穴をあけずに歩くように、抜き足差し足で家《うち》の右側へ、それから裏側へ、左側へもまわって、あちこちのぞきこんでみた。が、だれもいない。だんろの外側のレンガ壁に耳をあてても、窓の下にしゃがんでじっと耳をすましてみても、物音ひとつ聞こえてこない。

さて、口ひげをこすりこすり、兎は考えた――

「家《いえ》の垂木《たるき》は、屋根裏のようすをよく知ってるだろう。暖炉の薪《まき》のせ台も、煙突の中にだれがいるか、ちゃんとわかってるはずだ。ベッドの下にだれかがいれば、かけ布団はそれを見逃《みのが》しはしない。オレは垂木でもないし、薪のせ台でもかけ布団でもないのだが、オレの家《うち》にだれかが隠れてるにちがいないのだ。何が何でも見抜いてやるぞ」

たいていのやつは、このへんでシビレを切らして家《うち》の中へ突進するのだろうが（そして二度と出てこないのだろうが）、兎はちがう。ふたたび口ひげをこすりだし、「水車池《すいしゃいけ》にだれがおっこちたか、べつに自分まで飛びこまなくたって、調べようがあるさ」と考え、前庭の柿の木によじのぼって、枝に腰をかけた。

「おおい、家《うち》どん！　コンチワ！」

兎は大きな声で呼びかけた。家《うち》は、答えやしない。こっそり家《いえ》のドアの後ろにかくれている狼も、だまったままだ。だが、目を見張り、まゆをひそめて不思議がる。

「家《うち》どん、コンチワ！」

また大声で兎がいう——

「おおい、家《うち》どん！〈コンチワ〉って、返事しないのかい？」

やはり家《うち》はだんまりだ。

しかしドアの後ろの狼は、家《うち》の中をきょろきょろ見まわし、背中がむずむずしてきて、なんだかじっとしていられない。

179　　兎に化けた蜘蛛が狼を馬鹿に

柿の木の上から兎は、もっと大きな声で、

「おおおい！　家《うち》どん、コンチワ！　コンチワっていえばぁ！」

今度は狼の背中のむずむずが、寒気にかわった。家《うち》に話しかけるなんて、こんなの生まれて初めて聞いた。ドアの板の小さなすき間から外をのぞいてみるが、だれも見えない。

すると、さらに大きな声で、

「おおい！　どうしたんだい？　家《うち》どん、おまえはもともとあまり愛想のいい家《うち》じゃなかったけどな。でもあいさつは、いつも行儀よくかわしてたんじゃないか。おおい！」

狼はそわそわ、どうにも落ちつかず、全身をくすぐられるような気持ちだ。

「おおおい、家《うち》どん！　コンチワ！」と、兎はまた大声を張り上げ、それから、ひとりごとのように、

「おかしいぞぉ。ずっと今までは、あの家《うち》に〈コンチワ〉って声をかければ、いつも〈コンチワ、兎どん〉って、きまって返事してくれてたのに……どうも、ようすがへんだなぁ」

少しして、兎はもう一度、

「家《うち》どん、おおい！　コンチワ！」といった。

するとさっきから、もし家《うち》が声を出すとしたらどんな感じかと、いっしょうけんめい考えていた狼が、ちょっと咳《せき》ばらいをして、なるべく家《うち》っぽい声色《こわいろ》で、

「コンチワ、兎どん」と返事した。

兎は、自分で自分にウインクをして顔をほころばし、

「おおい、家《うち》どん、いつも大風邪をひいてるみたいなしわがれ声なのに、きょうはずいぶん雰囲気がちがうんだね」といってみた。

それを聞いて狼はあわてて、声をできるだけからしてハスキーにして、

「コンチワ、兎どん！」とくりかえした。

兎はもう、がまんできなくて大笑いした――

「ハッハッハッ！　狼どん、そんなんじゃダメだなぁ。ハッハッ、冷たい雨の日におまえ、家《うち》みたいにずっと外に立ちっぱなしで、ずぶぬれになって、そいでもう一度声を出してみるがいいよ、ハッハッハッ」

はずかしそうな、いじけたような顔つきで、狼はドアの後ろからすっと出て裏庭へまわり、わき目もふらずに自分の〈家《うち》どん〉までかけて行った。

それから長い間は、家《うち》の中でも外でも、兎が待ちぶせされることはなかったそうだ。

（おしまい）

# だれが落としてもグー？

中学校でぼくは陸上部に入った。走り高跳び、棒高跳び、冗談半分で砲丸投げも試してはみたが、結局は長距離走者になった。

背はあまり高くないし、腕力も大したことないし、足が特別速いわけでもなく、あえて取り柄といったら少し忍耐強いところか——思えばロングディスタンス・ランナーはごく当たり前の選択だった。でも当時のぼくにとっては、もう一つ、死んだ父親とバトンタッチをするみたいな意味合いもあった。

父がジョギングを始めたのは、ぼくが小学二年のころ。最初は出勤前の軽い運動のつもりだったのが、徐々に距離が伸びて、仕事が休みの日も走るようになり、そのうちデトロイト川沿いの緑地で開かれる六キロのレースに参加。翌年は十二キロ、次の年には二十キロのレースに挑戦して、もはやフルマラソン完走も夢ではない、と本気で考え出した。一九七九年の春から、父はそれまでになくハードな朝トレに励み、秋のデトロイト・マラソンを目指していた。が、その夏の終わり、父が乗った飛行機が墜落。マラソンの実行委員会からゼッケンが郵送されてきたのは、葬儀の三日後だった。

父のランニング関連グッズがみんな長男のぼくのものになった。靴もウエアもサイズが大きすぎて、その後、陸上部に入って実際にトレーニングで使えたのは、靴下とリストバンドくらい。それから“Shoe Goo”というゴム剤も。

走れば走るほど靴底が減る。分かり切ったことだが、長距離を走り始めてその摩耗ぶりに驚いた。セールで買った安めのランニングシューズとはいえ、かかとの部分が日に日に擦《す》り減っていき、この調子ではワンシーズンももたず、小遣いに響きかねない。

おそらく父もジョギング開始のころ、同様の驚きを覚え、そこで“Shoe Goo”を入手したのだろう。見た目は超特大の歯磨き粉チューブといった具合で、蓋を取ってしぼると、飴色《あめいろ》の半透明のゴム剤がじわっと出て、ツンとした匂いがする。靴底の摩耗が激しい箇所にそれを塗ったくり、一晩乾かしておくと固まって、次に走ったとき、靴の代わりにシュー・グーの塊のほうが擦り減らされることになる。

いや、二回に一回の割合で、走り終わって靴底を見てみると、シュー・グーは跡形もなく消えている。ある薄さまでくると、ぺろっと剝《は》がれてしまう。そうかといって、思いっきり厚く塗れば、走っていて違和感がある。ま、本当のところ、手間がかかる割には、効果が微々たるものだったかもしれない。無駄だと分かっていても、押し寄せる洪水の前で土嚢《どのう》を積み上げずにはいられないという、そんな気持ちで繰り返しシュー・グーを塗っては乾かし、塗り直していた。

中学校卒業のころには、その超特大のチューブがほぼ空っぽだった。高校の陸上部にぼくは入らなかったので、新しいシュー・グーを補充せず、それ以来一度も手にしていない。存在すら頭からきれいに抜けていたが、おととしの夏、キリンのカーロくんが記憶を呼び起こしてくれた。

ジェシカ・スパニョールという絵本作家が二〇〇一年に英国と米国で出版した"Carlo Likes Reading"を、二〇〇二年に拙訳で日本語版を出すことになった。一見は微笑《ほほえ》ましいほどシンプルなストーリーのようだが、主人公の子キリンが言語を身につけながら周りの世界を知っていく過程を、実にうまく描いている。絵に登場するもろもろの物に名札が付いていて、ピクチャー・ディクショナリーとしても楽しめる作りだ。

最初の見開きで、カーロは自分の部屋を見回して"scarf""ball""books""window"などと読む。それらを「マフラー」「ボール」「ほん」「まど」と訳すのがぼくの仕事だったが、おおかたは普通に置き換えれば間に合う単語だった。しかし中には、何と翻訳したらいいか迷うものもあって、その最たるものが"goo"——。

自分の部屋を読んでから、カーロはキッチンへ移動して朝ごはんを読む。テーブルの上に"apple"とか"jam"とかロールパンの"rolls"も置かれ、そのあたりは訳しやすかったが、テーブルの下を覗くと、灰色の塊が床に落ちている。名札によればそれは"goo"らしい。

英米人はだいたい、這《は》い這いしている時分に“goo”という言葉を、一種の幼児語として覚える。そのルーツは擬態語だという説があるが、こってりした「オートミール」を意味する“burgoo”の短縮形とする辞書もあり、また「糊《のり》」の“glue”との関連も考えられる。幼児語だけでなく、大人でもさまざまな場面で使っているけれど、その正体が何ぞや、改めて考えると定義しにくい。ドロドロの液体か、グシャグシャの固体か、その中間の半固体状態で粘り気のあるもの、ともかくベタベタあるいはヌメッとした物体を“goo”と呼ぶ。

ときには日本語の「ばっちい」に近い雰囲気がある。でも、必ずしも汚いとは限らない。顔に塗るベトベトしたクリームとか、髪に塗るポマード、とろみのあるソースにだって使える。ドーム球場が増えた現在は、野球の話で耳にすることがほとんどなくなったが、昔だったら雨の後の試合で、例えば走者がフルスピードでサードを回り足が「泥で滑って転んだ」場合、“He fell in the goo.”と表現した。また比喩的に、べたつくようなお世辞やおセンチを“goo”とからかったりする。

のみならず、靴底に塗ったくった“goo”もあったんだ……と頭の中にあるすべてをリストアップして、それでもカーロのキッチンにあるものの和訳が見つからない。「ネバネバ」、「ベトベト」、「ヌルヌル」、「ドロッ」でも、間違いというわけではないが、どれもなんだか絵にぴったり合わない。二、三日悩んでから、カリフォルニアの妹に電話して、「キッチンの床にgoo と呼べるものが落ちていることってある?」と聞いた。

「しょっちゅう！」と返ってきた。四歳の長男がプリンをペチャッとこぼす。二歳の次男はオートミールをボチャッ。飼い犬は家の中で粗相をすることはないが、たまに腹を壊してゲロを吐き、すると子どもたちがそれを指さして“Goo!”という。「だれが落としたか、もう判然としないくらいいろんなものが落ちている」

それからこんな話も。長男の通う幼稚園で毎週、何かテーマを決めてそれにちなんだ遊びをやったり、関連の本を読み聞かせたりする。「楽器」「ハロウィーン」「野菜」「乗り物」とバラエティーに富み、中でも子どもたちに大人気だったのは、夏休みに入る前の週の、庭でいっぱい泥遊びをしようというテーマだ。名付けて“Muck and Goo Week”――訳せば「ヌメヌメドロドロ週間」か。いつものジャングルジムとブランコと砂箱に加え、泥池や泥の砦《とりで》などが設けられ、みんな汚れてもいい服を着ていったという。

電話を切ってから、再びカーロの台所の場面とにらめっこして、床の上の“goo”の落とし主はだれか、推理をはたらかそうとした。カーロ本人が一番疑いが濃いが、猫のクラッカーがやらかした可能性もあるし、カーロのお父さんも一〇〇パーセント白とは断定できまい……。その路線で一か月余り悩み、最終的には“goo”を「だれかが　おとした　もの」と訳した。

本になってからも、あの訳でよかったのかどうか、気にしている。先月、わが家の飼い猫のための缶詰を、近くの雑貨屋へ買いに行ったら、隣の棚からチラリと“Goo!”が目に入った。パッケージに舌なめずりする白犬の絵と、ドロドロというかグシャグシャというかウエットな感じの餌《えさ》の写真が載っていて、その上に大きく“Goo!”と、ルビの「グー」もついている。

「なんだ、訳せなかったあの“goo”が、ちゃんと日本語の商品名になってるんじゃないか！」

手に取って喜び、やがてこれが一般名詞化すれば、カーロの“goo”をそのまま「グー」に改訂できるかもしれないと、一瞬、解決策が見えた。そしてハッと気づいた。これはパッケージの写真のグショグショ状態を表わしたネーミングではなく、「おいしいよ」という意味のグッド（good）を「グー！」と表現しているだけなのだ。

がっかりして、猫の餌の棚へ戻り、「まぐろにシラス入り」を選んで買った。

# 荷物の取り扱い注意

百余年前のある日、米国の首都ワシントンのユニオン・ステーションのホームで、マーク・トウェーンは自分の旅行カバンを見つめ迷っていた。預けるべきか、車内に持ち込むべきか、カバンの強度が心配だった。

ちょうどそこへ赤帽が通りかかったので、トウェーンは彼を呼び止めた。

「このカバン、預けても大丈夫かな？」

大男のその赤帽は、「これですか」とカバンをむんずとつかむと、両手で高く持ち上げ、力任せに地面に叩《たた》きつけた。「預けると、まずフィラデルフィアでこんな目に遭います」

男は再びカバンをつかみ、今度はホームの反対側に止まっていた汽車の横っ腹に五、六回、思いっきり叩きつけて、「シカゴではだいたいこんな具合」といった。それから天井目がけてカバンを派手に投げ飛ばし、ドスンと落ちてきたその上に立ち、ワインのブドウをつぶすみたいに全体重をかけて繰り返し踏ん付けながらいった。「アイオワのスーシティーで乗り換える場合、これくらいは覚悟しないといけません」。そして会釈して、最後にこう付け加えた。

「もしスーシティーよりもっと西へ行くんでしたら、やはり車内持ち込みにしたほうが賢明でしょう」

トウェーンのこの小話がどこまで本当なのか。赤帽の「内部告発的デモンストレーション」は、かなり誇張されているだろう。しかしそこに描かれたカバンの無慈悲な扱い、預けられた荷物が受ける暴力は、決して現実と掛け離れているわけではない。この百余年の間に、自動車産業と航空業界は米国の鉄道を押し潰《つぶ》し、駅の荷物係はほとんど失業してしまったが、「荷物虐待」が減ったわけではない。その主な現場が、空港に移っただけのことだ。

たまにアメリカのテレビで、「隠しカメラがとらえた○○エアーポートのバゲージの実態」といった映像が流れることがある。見ると、昔の赤帽の実演がほほえましく思えてくる。それはトウェーンのカバンの中から、何も盗まれなかったからだ。ただしそれにもわけがあって、現在の米国の空港労働者に比べ、昔の赤帽のほうがきっとペイが高く、生活が成り立つ程度の収入は得ていたはず。

旅行業界の専門家は口をそろえていう。盗まれてもいいもの、なくなっても大して困らないものを預けましょう。貴重品や大切なものは、必ず機内に持ち込むべし。

ぼくはだいたいそのとおりにして、二十年間いろんな飛行機に乗ってきた。スーツケースが行方不明になったり、ぶっ壊されたり取っ手がもがれたり、また、何度かは中身を物色されたり搔《か》き回されたりもした。でも「被害届」を出すほどの被害はなかった。そもそもそれほどのものは入れていないからだ。

今年の春に一時帰国した際、国内便を利用した。ニューオリンズ行だ。ホテルにチェックインして、部屋でスーツケースを開けてみると、中がゴチャゴチャになっていて、友人へのプレゼントの包装紙が破け、「やっぱりバゲージの連中にやられたか」と思った。

何かなくなってはいないか、中身を全部出して確認し始めたら、底のほうにDepartment of Homeland Security（本土安全省?）とTransportation Security Administration（運輸安全局?）からのNotification of Baggage Inspection（要するに「勝手に開けて調べました」の知らせ）が入っていた。それは飛行機の搭乗券くらいの大きさの紙一枚で、くどくどしい文章の最後に、検査を担当した人のＩＤ番号を書き込むためのスペースがあった。が、そこは空欄のままだった。

日常生活でぼくは、いつもどこへ行くにもバックパックを背負って、そいつを「リュック」と呼んでいる。旅行のときは、機内持ち込み用にもう一つ、ふだんの「リュック」より一回り大きいバックパックを背負う。そしてそっちのほうは「バックパック」と呼ぶ。「リュックサック」がドイツ語からきているだけで、「バックパック」より小さいなどそんなニュアンスはないと解ってはいるが、なんとなくずっとそう使い分けている。

常用の「リュック」の横幅や、後ろへの出っ張り具合など、その寸法はまるで自分の一部のように、感覚として体に染み込んでいる。あまりにも染みてしまっているので、旅行用の「バックパック」を背負うときでも、それが「リュック」だと錯覚を起こすこともある。そして例えば成田行の電車の中で、ふっと振り返った拍子に、隣の人にぶつけてしまったりする。飛行機に乗って、上の棚に載せようと肩からはずして、後ろの人にうっかりぶつけたことがある

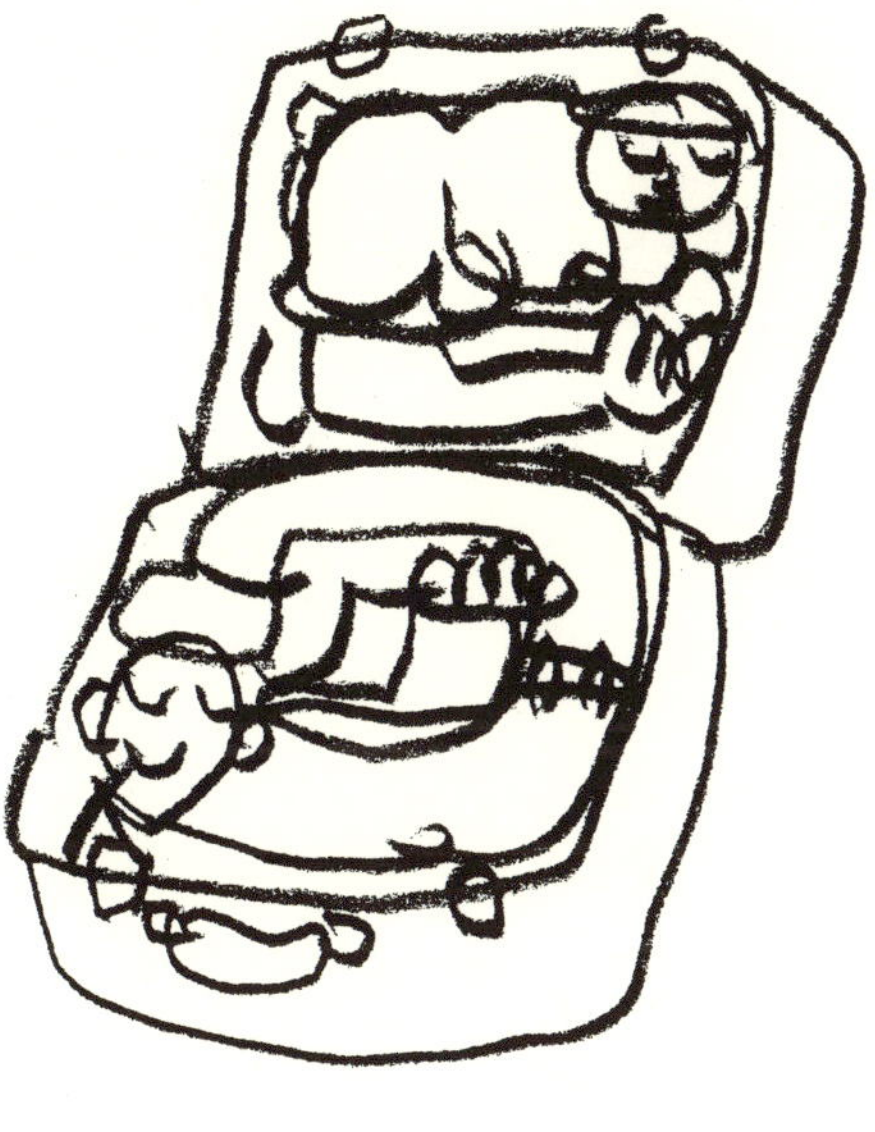

し、到着して棚から下ろし、背負い込んで同じことをやらかしたことも。しかも、妻に注意されるまで、他人に迷惑をかけたことさえ、こっちは気づいていなかったのだ。

いつもの「リュック」で旅行したほうが……とも考えてみるが、そうするとやや大切なものを、スーツケースといっしょに預けるハメになりかねない。

そういえば『イソップ』にはこんな話があった——。「ギリシアの神プロメテウスが、人間という新しい生き物をたくさんこしらえて、だいたいできあがったところで、彼は一人一人の肩に、二つの袋を掛けた。一つの袋の中に、他人の欠点が詰めてあって、もう一つの袋には本人の欠点が入っていた。そしてプロメテウスの掛け方では、他人の欠点の袋を前に、胸のほうで運ぶことになり、本人の欠点袋は後ろに背負うことになった。そのため、人間は自分以外の人間の欠点がいつでも目に入り、すぐ見つけることができるが、自分自身の欠点には、なかなか気づかないものだ」

バックパックを他人にぶつける欠点が直らなければ、胸へ回して運ぶべきか。それにしても、自分の後ろのほうの袋を、空港で預かってもらえたらな……。

# エープリル・フィッシュ

折りに触れ、カノジョにいわれる。「言ったほうはすぐ忘れるけど、言われたほうには残ってしまう」

ぼくが少しからかい過ぎたり、心ないことを口走ったりするからだ。

いわれてみればエープリル・フールもそう。ぼくのからかい過ぎはなにもいまに始まったことではない。子どもの時分、妹たちをバカにしたり、親に対しても言動といたずらの限りをつくした。四月一日という、絶好のチャンスを逃《のが》したワケがない。が、自分がやったあれこれはまるで思い出せない。それに引き替え、やられたのはいまでも鮮明だ。

祖父母はミシガン州の小さな湖のほとりに住んでいた。よく父といっしょに遊びに行き、祖父のボートを借りてブルーギルとブラックバス釣り。

幼稚園児のころ、ある週末の朝ダダをこね、連れて行ってもらった。雪解けで水嵩《みずかさ》が増し、舟出して釣り糸を垂れてみたが、釣果《ちょうか》はブルーギル一匹ぽっち。もう帰ろうかと父がいい始めたところへ、ぼくの竿に手ごたえ。釣り上げてみると、“catfish”だった（英語でナマズを「キャットフィッシュ」という。猫みたいにひげがあるからだ。日本にいるナマズよりもミシガンのキャットフィッシュのほうが、ひげが長いように思う）。

いつもなら魚の口から針をさっさと自分ではずすのだったが、ナマズはめったに上がってこない珍客なのですぐに解放するのは惜しい。なでたりポンと軽くたたいたり、ボート底で遊んでいた。

「ひげに気をつけな。柔らかく見えるけど、ナマズって怒るとひげをピンと立てるんだよ」。錨《いかり》を引き上げながら父が注意してくれたが、ぼくはさわり続けた。すると突如、ひげがとげに化け、掌に刺さった。

泣き顔で湖畔《こはん》からのぼって行くと、ポーチでおじいちゃんが待っていた。「どうした？」

「キャットフィッシュのバカ……針をはずしてあげようとしたら……」

話を聞いておじいちゃんは、満面に笑みをたたえいったものだった。「きょうが何の日か知ってるかい？　おまえ、魚にエープリル・フールをやられたんだ」

二十歳のときの四月一日も覚えている。ミラノに、当時の恋人と暮らしていた。

イタリアのミネラルウォーターには、炭酸入りとそうでないのとがあり、彼女は入っていないほうを好んだ。けれど買い物はぼくが担当していたので、ぼくの好みの炭酸入りばかりを買う。そこで彼女は反撃にでて、隠れて瓶をさんざんシェークしてからテーブルに出した。栓抜きで王冠を取ってぼくはずぶ濡《ぬ》れになり、彼女は「ペッシェ・ダプリーレ！」、つまり「四月魚！」と笑ってタオルを渡してくれた。ぼくを「魚」と呼んでからかっているのかと思ったらそうではなく、イタリアでは「エープリル・フール」のことを「エープリル・フィッシュ」というのだ。

「まさかナマズじゃないだろう」「キリストのシンボルである魚となにか関係あるのかな？」「万愚節って、万聖節のもじりだし」……。彼女の両親や知人たちに聞いたけれど、分からずじまいだった。

その後戻ったアメリカの大学で、思い出して調べてみた。百科事典によれば、エープリル・フールはフランス語でも「四月魚」。どうやらそれは「サバ」のことらしく、春になると大西洋から大量に釣り上げられ、食われてしまうので「サバ」イコール「バカ」とか。

それから春休みに祖父に会い、釣りの思い出話といっしょに、物知り顔で〈四月サバ〉の話をすると、「それは知らなかったが、子どものころ俺はよく他の連中から“mackerel snapper”と囃《はや》し立てられたものだ」と返ってきた。

「マケレル・スナッパー」とは「サバぱくつき」。当時のカトリック教では金曜日が肉食禁断の日だったので、その日は魚を食べた。サバが一番多かったらしい。プロテスタントに比べ、カトリックのほうがずっと少数派だったので、曜日に関係なくいつでも肉を食べていい彼らから、カトリック教徒の祖父はバカにされたワケだ。

からかいの要因には、アイルランド系だというのもあったし、祖父の家が貧しかったというのもあった。しかし祖父にいわせると、バカにされ、悔しい思いをして、自分はたくましくなった。負けるものかと、旺盛な競争心が起こり、バカにできない身代を自力で築いた。

祖父ほどには競争心がない孫のぼく。いま帰国するたび、祖父に会うといわれる。「早くアメリカに帰ってきてビジネスを始めるがいい。いつまでプー太郎しているつもりだ」「物書きなんかやって、月いくらぐらい稼げるんだ?」と聞いてくる。

自分のホントの月収をいうと、もっといろいろいわれそうなので、ぼくはいつも、サバを読む。

# 夏のわすれもの

たどり着いたのは午後一時。霊園の広々とした駐車場には、こっちの車も入れて三台だけ。こんな炎天下にわざわざ墓参りに出かける人はそうはいない。ちょうどミシガンの短い夏のピークだった。自宅の庭でつんできたデージーは、だいぶ萎《な》えてしまっていた。

日本に住み着いて四年目、それまでも何度か帰国していたが、父の墓へはとんと足を運ばなかった。鉄のゲートをくぐり抜け、久々にレイクビュー・セメテリーに踏み入る。

入り口付近の墓はみな古くて立派で、「墓石」というよりも「石塔」の呼び名が似合う。中には大理石のオベリスクや、球体の変わり種もある。父の墓は、芝生に隠れんばかりの銅板のみ。霊園の東側、ずっと奥の方だ。アスファルトの小路の熱が靴底から、足裏に微《かす》かに伝わる。

父の墓のそばにひょろひょろした松の木が生えていて、それが目じるしになる。ところが、どこまで歩いても見えてこない。立ち止まり、顔の汗を拭《ふ》き拭き見回していると、作業服の男が、大きい剪定鋏《せんていばさみ》と熊手を持って小路をよぎって行く。呼び止めて、迷子になったみたいだというと、彼はほほえんで「だれを探してるんですか？」と聞いた。父の名を告げ、「小ぶりの銅板で、そばには松が……」といい終わらないうちにもう、剪定鋏で方向を指していた。「少し行きすぎましたね。ご案内しましょう」

尋ねると、その彼は二十年もここの管理人兼庭師をつとめているラルフさん。園内のどの墓も、刻んである名前さえいってもらえれば分かるらしい。仕事とは関係ないところで、同姓同名の生きた人にたまたま会うと、親類かどうか確かめたくなり、しかしその衝動をいつも抑えるという。「一種の職業病だな」と笑う。

ぼくが父の眠る場所を忘れてしまったのは、暑さではなく親不孝のご無沙汰《ぶさた》のせい。松の木は見違えるほど伸びて、細かった幹がどっしりと太く、父の墓はいつしか木陰に入っていた。かさかさに乾いたバラのブーケがあった。きっと祖母が持ってきたものなのだろう。そのプラスチックの花瓶を拝借して、近くの蛇口で水を入れ、ラルフの剪定鋏でデージーの茎を切ってもらった。彼は彼で違う墓の花瓶の水を替えてから、「じゃ、また」と霊園の奥へ戻って行った。「遠くの親類より近くの他人」と日本語でいうが、父は、恵まれている気がした。おいてあったバケツで、ぼくは松の木にも水をやった。

# Ⅵ　おまけのミシシッピ

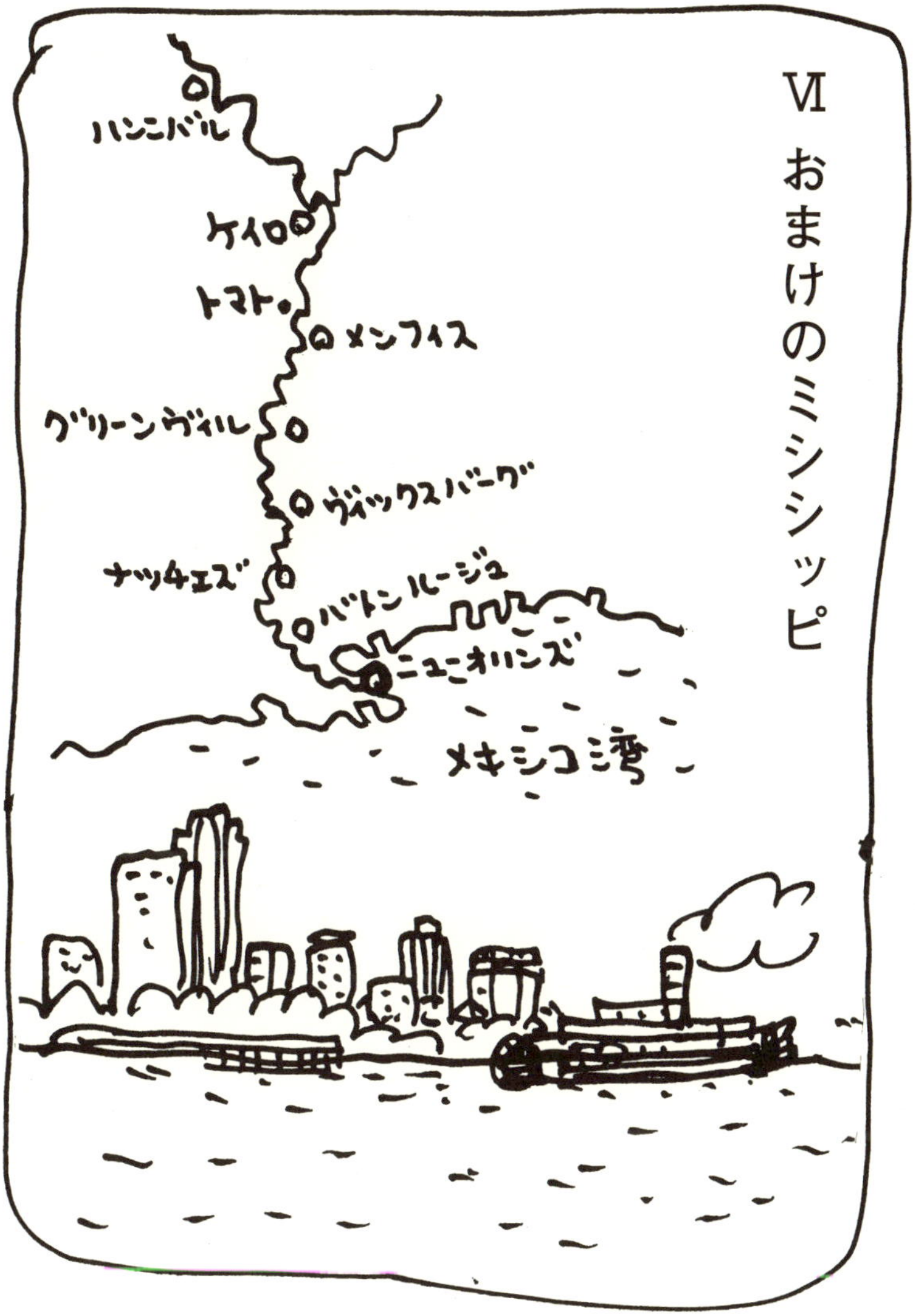
ハンニバル
ケイロ
トマト
メンフィス
グリーンヴィル
ヴィックスバーグ
ナッチェズ
バトンルージュ
ニューオリンズ
メキシコ湾

## マーク・トウェーンの水先案内

「ぼくが十四歳の頃、自分の父親といったら同じ部屋にいるだけでうざったく、話してもまったく無駄な存在だった。ところが、こっちが二十一歳になってみると、だいぶ話が通じるようになり、たったの七年間で父がたいへん進歩したものだと、驚いた次第である」

マーク・トウェーンはこのように、反抗期の息子とその父親の関係の移り変わりを描いた。一人称を使い、まるで自分の体験として語っているが、それはユーモアのための虚構だ。トウェーン自身は十一歳のとき、父親に死なれた。そして、にわかに苦しくなった家計を支えるため、放課後と学校が休みの日に彼は働き始めた。なんでも運ぶ配達少年、食料雑貨店の店員、鍛冶《かじ》屋《や》の助手。十三歳からは、かかりきりで印刷業者の助手となった。後に、十歳年上の兄が『ハンニバル・ジャーナル』という新しい地元新聞を立ち上げた際、トウェーンはその植字工の職についた。

フィクションの笑い話で、父親の進歩に驚嘆したのは二十一歳。実際は、その年齢になってトウェーンは大きな決断をした。すでに新聞に滑稽《こっけい》な紀行文を書くなどして、ライターの道を歩み始めてはいたが、ミシシッピ川をニューオリンズへ下って行く途中、ホラス・ビクスビーという水先案内人に出会った。「死に神にかけて、あれは稲妻の水先案内だ！」と称賛されるほどの凄腕《すごうで》だったビクスビー氏に、トウェーンは弟子入りすることに決めたのだ。

『ミシシッピの生活』（Life on the Mississippi）にトウェーンは書いている。「老若男女どんな立場の人間であろうと、だいたいその上には主人として命令できる立場の者がいる。上の顔色をうかがいながら、こんなことしていいのかと気をもみつつ、みんな暮らしている。しかし当時のミシシッピ川の水先案内だけは、主人なんぞいなかったのだ」——川の上では大統領よりも、どこの国の王様よりも偉いという水先案内人に、トウェーンは少年の頃からあこがれていた。が、そんな偉い地位が何ゆえに成り立つのか、水先案内見習いになってみて、彼は初めて思い知った。

「どうやら、これからぼくは川沿いに位置するたくさんの村や町や、川の蛇行のどんな曲がり角も、どの小さな島も全部その名前と特徴を暗記しなければならないらしい。のみならず、その一千九百余キロにわたって、目印になる両岸の木々の枝ぶりと、だれかが積んだ薪《まき》の山と、おびただしい数の沈み木とも、とても親しい間柄になるしかないようだ。おまけに真っ暗闇《くらやみ》の中でも、それらがどこにあるか正確に読み取れるようになる必要が」——と気が遠くなるような修業が待っていた。大河を知り尽くした上で、水先案内人は蒸気船と積み荷と乗客の命をあずかる。沈み木や砂州や難破船の残骸《ざんがい》をすれすれのところで避け、責任の一切合切を背負って舵輪《だりん》を操る。

「やがて川そのものが、輝かしい本に変身した。それを学んだことのない乗客にとっては、死語で書かれて解読できないような本だったが、ぼくには少しも包みかくさず、生き生きとなんでも語ってくれた。まるで声を出すみたいに実にはっきりと、大事な秘密までみな打ち明けてくれたのだ。そして、一回読破したらそれで終わりというのではなく、読んではまた読み返し、毎日新しい物語を用意してぼくを待っていた」――トウェーンは川の言語をマスターして、一八五八年には水先案内人の免許を取った。けれど三年後、南北戦争が始まると水路が閉鎖され、仕事ができなくなった。極西部の、まだ州にはなっていなかったネバダ・テリトリーへ旅立って、物書きとして活動を開始。大河を読破した観察眼を、周りの世界に自由に広げ、その底に沈むものを見破って書いた。

話の舞台がネバダの砂漠であろうと、レバノンの山であろうと、作家トウェーンは、感覚を研ぎ澄ました水先案内の役割を果たすのだ。

**おまけを求めて**

本来なら、マーク・トウェーンを訪ねる旅といったものは、ミズーリ州のトウェーンの故郷ハンニバルから始めるべきだろう。彼が少年時代を過ごした家や、『トム・ソーヤーの冒険』

に出てくる洞窟《どうくつ》を見物して、展望台から少年トウェーンが眺めたミシシッピ川をじっくり眺め、それからニューオリンズへと下る。どう考えてもこの順が正道だが、ぼくは『ミシシッピの生活』の中の、ニューオリンズについての記述が、ずっと気になっていた。その内容を、何よりも先に確かめたく、旅順を引っ繰り返してニューオリンズから入ることにした。トウェーンの記述はこうだ。

「ニューオリンズでは、とてもいい言葉を一つ手に入れた。たとえその一単語だけを得るために、はるばるこの街までやってきたとしても、だれも損したと思わないほど美しく、しなやかで表情豊か、しかも便利な言葉だ。“Lagniappe”と書いて、〈ラニヤップ〉と発音。話によればスペイン語からきていて、その使い道は一見、かなり限定的だ。ところが人々は必要に応じて、言葉の意味を自在に伸縮させている感じがある。こっちが最初に発見したのはニューオリンズに到着した一日目で、地元新聞『ピカユーン』の中の、種々雑多な情報を集めた欄のタイトルになっていた。二日目は街のあちらこちらで、計二十回ばかり現地人が使っている場面に出くわした。三日目になって、ようやくその意味を人に尋ね、説明してもらい、四日目には少々素振りの練習をしてから、こっちもどんどん使い出した。思えばどこの街でも、パン屋でロールパンを一ダース頼むと、もう一個がただでついて、十三個にしてくれることが多い。そんな十三個目のように無料でプラスされ、付加的にもらう品を〈ラニヤップ〉というのだ。スペイン系の住民から始まったこの風習は、街中に広まったとか。子どもがお使いに行かされたり、使用人が買い物に行ったり、あるいは市長や州知事ご本人でも、店員とのやり取りの最後にみな〈ラニヤップに何かちょうだい〉という。そこで店の人は、相手が子どもなら甘草《かんぞう》のお菓子を一個、使用人なら安物の葉巻を一本か、綿の糸を一巻き、つけてくれるわけだ。相手がもし州知事だったら、なんだろう……清き一票でも約束するのか」

トウエーンにいわれて初めて気づいた。米国の標準語たるスタンダード・アメリカン・イングリッシュには、「おまけ」にぴったりの単語がなかったのか。いや、値段を安くするタイプのおまけは"discount"でいいが、景品的なおまけとなると"free gift"で表わすか、漠然とした"something extra"で済ますか。またはポンと買い物袋に投げ込むイメージの動詞"throw in"を使うかだ。

ニューオリンズの貴重な方言「ラニヤップ」は、今も健在だろうか。甘草のお菓子は今でももらえるのか。まずはおまけを求めて、妻と二人、ニューオリンズ入りした。

**野暮なこと聞く**

水の都ベネチアが、確実に沈んでいるという話は有名だが、ニューオリンズも同じ運命を、もっとゆっくりしたペースでたどっているらしい。太古の昔から自分の流れるコースを好き勝手に変えてきたミシシッピ川を、無理やりコントロールしているツケとして、街の沈下が起きているそうだ。

いつでもおびただしい観光客がお邪魔に上がってふらふら歩いていることも、ベネチアとニューオリンズの共通点。それを「街のテーマパーク化」と呼んだりもする。

十七年前、初めてベネチアを訪ねたとき、ぼくはバックパックを背負った正真正銘の観光客だった。ところがその後、ミラノで生粋のベネチアっ子と知り合い、友だちになった。そして、ベネチアの彼の両親の家に連れて行ってもらったが、まるで初めて訪れる街に感じられた。ベネチアの住民は、ツーリズムから離れた生活を中庭で送っていたのだ。中庭の文化に触れずに、ベネチアを見物して帰るということは、たとえるなら、クルミの殻を割らないまま、しばししゃぶって味わうようなものか。

中庭文化の点でも、ニューオリンズはベネチアの流れを汲《く》んでいる。ニューオリンズっ子の友人がいない場合、旧市街の殻を割るには、中庭のあるホテルに泊まるのが一番手っ取り早い。ぼくらが選んだのは、チャータース通りに面した「ソニアット・ハウス」。フランス系の大農園主が一八三〇年に建てた私邸で、多少の修復を経てホテルに生まれ変わった。表は赤煉《れん》瓦《が》の外壁と、レースを思わせる模様の鉄飾りだけが目に入る。ベルを鳴らせば、重厚な木の扉をボーイさんが開けてくれて、緑の中庭が通路の先に見えるのだ。

ソニアット・ハウスには、一匹の三毛猫が住んでいる。スパイラルする階段の、二階の踊り場で最初、妻がその猫を発見した。あるいは、向こうが出迎えてくれたのか。二人はすぐさま仲良くなり、三階のぼくらの部屋まで、猫が遊びにきてくれた。体の模様は黒と赤茶のまだら、足の先と鼻と胸のあたりに白い毛がある。

地元新聞があるか、フロントへ聞きに行ったついでに、猫のことも聞いてみた。名前は「クラリース」。七年前にオーナーが保護した捨て猫で、中庭と廊下を自由に行き来させておいた。そのうち客を魅了し、看板娘になった。「猫を嫌がる客は？」ぼくが聞くと、支配人は笑って「いないですね」。世の中に猫嫌いな人が大勢いるはずなのに、と一瞬思って、次の瞬間、自分が野暮な質問をしたことに気づいた。猫嫌いはいるが、中庭文化を求めてソニアット・ハウスにやってくる人の中には、いないのだ。そういえばトウェーンも、幸せな家庭の一つの条件として、「食べ物を十分に与えられ、いつも十分に撫《な》でられ、みんなに十二分尊敬されている猫」がいることを挙げていた。

トウェーンがかつて読んだ『ピカユーン』というニューオリンズの新聞は、『ザ・タイムズ・ピカユーン』と名前を改めて今も読まれている。むかし「種々雑多な情報を集めた欄」でしかなかった「ラニヤップ」も、一世紀の間に一冊のエンターテインメント・マガジンに成長していた。コンサート、ライブハウス、芝居、美術展、映画、それからレストランに関する情報と街探検的な記事もたっぷり。“Lagniappe”は毎週金曜日、新聞に文字通りのおまけとしてついてくる。同じタイトルの情報番組も、地元テレビで放送されている。

さっそく街に出て洋服屋へ入り、店員に「ラニヤップって言葉を、使ったりしますか」と尋ねた。「はい、使いますね」――すかさず、年格好二十歳くらいの彼は答えた。『ミシシッピの生活』を彩った方言は、生きていた。

二泊の間、猫のクラリースを十二分に撫でて、幸せな家庭ならぬホテルにしてもらったが、チェックアウトの直前になって、ぼくはふと思った。「もしや猫料金を取られはしないか」。支配人に聞いてみると、また笑って――「そんな！　クラリースはもちろん、ラニヤップですよ」

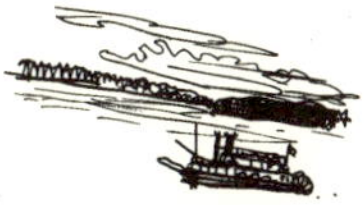

**雲が泳げる川**

ニューオリンズへ飛んだ日は、アメリカ南部が広い範囲で晴れ、空には夏らしい綿雲が浮かんでいた。フライトの最後の二十分ほど、飛行機はミシシッピの流れに沿って南下し、窓側の席にいたぼくは、川の見事な蛇行をじっくり眺められた。見渡す限り農地と沼地が広がり、巨大な雲の影がくっきりと、ところどころに落ちていた。みな東へ移動して、順々に川までやってくる。大きめの雲の影なら、またがるように渡るが、小さめの雲は、影がすっぽりとミシシッピに入る。ひと泳ぎして渡っているふうだ。

ニューオリンズに二泊してから、ぼくらはミシシッピを船で下ることにした。ただし、ニューオリンズから下ると、すぐメキシコ湾に出てしまう。そこでまず、車でバトンルージュまで走り、そこからの二百十五キロを下ってまたもやニューオリンズ着——そんなデジャビュ・コースになった。

乗ったのは外輪船「アメリカン・クイーン」号、長さ百二十五メートル、六階建て、乗客四百三十人、そしてクルーがプラス百六十人。バトンルージュの港に停泊しているときの姿は、なんとも巨大だったが、いざ出港して下り始めると、川の水の量のあまりの多さと、幅の広さに圧倒され、船がにわかに縮んだ感じがした。ほどなく、平底荷船を二十数隻つなげて押しているトーボートが下流からさかのぼってきたが、積み荷が何なのか、確かめようと思っても距離がありすぎて、分からなかった。

夜は豪華なダイニングルームの大きな円卓で、他の乗客といっしょに食事。ぼくの隣に座った老紳士は、かつて造船場で働いていたことがあり、スチームボートのボイラーの音を、もう一度聞きたくて乗ったといった。ミシシッピ特有のワインのことも、そのとき彼から教えてもらった。

「マスカダイン・ワインを飲まなければ、南部を旅したとはいえないな。ナチェズに直行して、オールド・サウス・ワイナリーでいっぱい味見させてもらうといい」

ぼくらも最初からナチェズへ寄ろうと思っていたが、目的地がうまい具合にしぼられた。

## マスカダイン

ナチェズという町は、高い丘の上にあって、そこから見下ろすミシシッピ川は、少しよそよそしい。いや、川に対して町の方が、よそよそしいのかもしれない。洪水の心配をしないで済むという特異な立場が、どこか作用しているのだろう。

観光案内所で「オールド・サウス・ワイナリー」の場所を聞き、教わった通りに町外《はず》れへ行くと、倉庫のような建物の前に看板があった。中へ入ってみると、背筋をしゃんと伸ばしたおばあさんが奥から現われ、ぼくらに搾り機や醸造タンクを見せながら、原料の“muscadine”が何かを語ってくれた。米国南部原産のブドウの一種で、その辺の林に自生している。農薬を一切使わなくても立派に実り、害虫に食われることはまずない。ヨーロッパ系のブドウに比べて糖分は少ないが、豊かな香りと酸味が、南部ならではのワインに仕上がる。

赤と白とロゼを計八種類テイスティングさせてもらった。そのときのぼくのノートに「スモモの燻製《くんせい》」や「ミツバチの涙」など、味に関してわけの分からないメモがあるが、みんなフルーティーで、どれも味蕾《みらい》を違った方向にくすぐってくれた。

収穫は九月上旬。搾る作業が二十日間、日没から夜明けまで続けられる。「えッ、暗い中で？」と聞くと、「夜の方が涼しいし、蜂《はち》も来ないんですよ」とおばあさん。

妻がデリケートな甘口の白を、ぼくはおばあさんが「旱魃《かんばつ》的なドライでしょ？」と形容した赤を選んで買った。

## 南部の葛と蛙

アメリカの“The South”という地域をどう定義し、どこで境界線を引くべきか、いろんな見方がある。例えば、南部訛《なま》りの分布をベースに言語的文化圏として捉《とら》えるか、あくまで南北戦争のときの線引きにこだわるのか。また、「クズが蔓延《まんえん》して森を覆っている地域」という、帰化植物を基準にした新説を唱える人もいる。「クズ」とは日本の蔓性《つるせい》の多年草、葛湯《くずゆ》の原料、英語では“kudzu”と書く。
一九三〇年代に、クズは土壌浸食を防ぐ素晴らしい植物として、南部地域で広く導入された。そしてたちまち手に負えなくなった。もし「クズが蔓延」という基準でいくのなら、ミシシッピ州は南部の中心、まさにヘソに位置づけられるべきだろう。ナチェズから北上して、花水木の森を通る公園道路を走っていると、目を疑う景色に出くわした。ある一帯をクズがラッピングするみたいに、完全に木々を覆い尽くしていた。柔らかな線の、鬱蒼《うっそう》とした巨大彫刻にも変身させていた。アメリカ人は、葛湯を飲むしかないと思った。

子どもの頃、毎日ぼくを楽しませてくれた「蛙」も、ミシシッピ州生まれだった。リーランドという小さな町を通り抜けようとしていたら、「カーミット生誕の地」の看板が目に飛び込んできた。小さなミュージアムらしい。

一九三六年にジム・ヘンソンがこの地に生まれ、川で遊びながら育った。小学生になって母親の古い緑色のコートをもらい受け、初めての人形創作を試みた。カーミットがそのコートの生まれ変わりで、世界のマペットの出発点がここにあった。

## 地図とバーベキュー

こんな引っかけ問題がある。「ミシシッピ川はアメリカのいくつの州を流れているでしょうか?」

聞かれるとみんな見事なミシシッピを頭に浮かべ、北から数えて片手の指では足りなく、なり、人によっては両手でも足りなかったりする。が、正解はたったの「二つ」だ。ミシシッピが州の領土内を通るのは、源流のあるミネソタと、河口を抱えるルイジアナのみ。あとはどこを流れても川そのものが州境となり、どこの土地でもなく、そんな概念を超越して蛇行する。

米国の地図書は十中八九、州別になっている。なので大河に沿って移動するとき、西岸のページと東岸のページをぱらぱらと、マップをしょっちゅうめくらなければならない。最初はいらいらするが、めくり方がだんだん速くなり、そのうち、これもミシシッピの迫力の一つかと思えてくる。

北上する途中で、ぼくはメンフィスの友人に電話をかけ、「今晩そっちにたどり着けるかも」といった。すると「世界一のバーベキューを食いに行こうぜ！」と彼は意気込み、待ち合わせ場所がすぐ決定した。ダウンタウンの裏通りにある「ランデブー」、一九四八年創業の店だ。炭火焼きの煙がいつでもあたりに漂い、地図がなくても鼻で探せる店だという。

世界一のポークリブに、あの「旱魃的な」マスカダインは合うだろうと、ボトルをリュックに忍ばせた。ウェイターに「持ち込みのワインが……」と切り出したら、彼の表情は曇り、コルクを抜くのに五ドルかかるようなことをいった。だがラベルが目に入った瞬間、顔はほころんだ。「こいつならＯＫ！　みなさん、なかなかやりますな。仕事じゃなければオレもごちそうになりたいぐらいだ」

## トルネードのあとのトマト

「地下室に避難してください。窓から離れてください」――メンフィスにもう一夜泊まることにしたら、その夜、竜巻が発生した。

腹ごなしの散歩に出てはみたが、一天にわかにかき曇って、遠くでゴロゴロ鳴った。かと思うと今度は、ほとんどぼくらの頭上でピカッと光ってゴローッ！　おっつけザーッと降ってきた。ショッピングセンターへ駆け込み、夕立の終わるのを待つことにすると、電器屋の前に人溜《ひとだ》まりができていた。ショーウィンドーのテレビが映す緊急気象情報にみんな見入っている。とそこへ「トルネード・サイレン」が街中に響き始めた。

ダッシュしてホテルに戻った。部屋のテレビでも「地下室に避難」など、アナウンサーが注意を呼びかけ、大気がどれほど不安定かレーダーの映像で示す。数か所で竜巻が目撃されたらしい。雨が二重ガラスの窓をしきりと叩《たた》く……。そんな一時間が過ぎて、サイレンはやっと止み、間もなく友人から電話がかかってきた。家は吹き飛ばされなかったが、稲妻が近くの変電所を直撃して、停電だという。「しかし旅程をトルネードにぴったり合わせるなんて、タイミングがいいな」と、彼はのんきにこっちをからかった。

翌朝、メンフィスを出発して大橋を渡り、対岸のアーカンソー州側を北上した。百キロばかり行ったところに“Tomato”という地名を見つけた。そこは町ではなく、いくつかの農家が点在している地域だが、地図で見ると川すれすれに位置するようだ。が、実際はすれすれどころか、半ば川の中だった。ここ数日、上流でも豪雨が降って水嵩《みずかさ》が増し、高い堤防の外側、つまり川側にある「トマト」の何パーセントかは、水没していた。

アスファルト舗装だった道路が、堤防を越えると泥の道に変わる。そこから先は、地図に道が載ってないが、ミシシッピの茶色い流れが、すぐそこまできているので迷うことはない。川の中に木立があり、手前の一帯は水浸しの畑だろう。上流に向かって走り出すと、デコボコの道が鬱蒼とした林へ入り、そこでブレーキをかけた。倒れた木が道を遮断していて、チェーンソーを持った男が除去作業をしていた。

「この先、行けますか？」と聞くと、倒木を指しながら彼は「こいつが最後なので、ちょっと待ってもらえば大丈夫。きのうの強風で何本もやられたんだ。お宅、だれに会いに行くんだい？」「……べつに、ただトマトを見にきただけ」。男はその答えを大いに珍しがり、ぼくらが日本からきたと聞くとさらに驚き、そして思い出したように「ぎりぎり通れるかも」といって、重量挙げの選手みたいに倒木の幹を持ち上げた。その下をぼくらはすーっと通った。

本来、ミシシッピ沿いのどの農村も、トマトと同じように川と付き合っていたはずだ。一八八二年に、久しぶりにミシシッピを下ったトウェーンは、川がどんな相手かについてこう書いている――。

「ミズーリ側から一郡ほどの広大な土地が、川に削られて水中へ消え、反対側のケイロの岬は、土地が足されてぐーっと伸びていた。ミシシッピというのは正義感が強く、いたって公平な川だ。誰かの畑をごっそり持ち去ったとき、必ず別の誰かのために、新しい畑をこしらえてくれるのだ」

### **落書きやペンキ塗り**

筏《いかだ》に乗ってミシシッピを下り始めた少年ハックルベリー・フィンと逃亡奴隷のジムは、とりあえずケイロを目指した。そこからオハイオ川のほうへ廻《まわ》り、奴隷制度のない東部が最終目的地だった。ところが濃い霧の夜、二人はケイロに気づかず通り過ぎてしまう。その先は奴隷制度が社会を決定づけている南部だ。

『ハックルベリー・フィンの冒険』を初めて読んだとき、そのあたりのことが不思議だった。家族旅行でオハイオ川を何度か目にしていたぼくは、なぜあんなでっかい川が流れ込んでも気がつかないのかと。けれど、ケイロの合流地点を眺めてみて、納得した。とてつもない大河と、もう一つのとてつもない大河が合流すると、それは想像を絶する川になる。が、最初から容易には把握できないほどスケールの大きい川同士では、合流の実感がわきにくい。濃霧の中だったら、きっと分からない。

ケイロからミシシッピを三百キロばかりさかのぼると、セントルイスで、ミズーリ川というこれまた大河と合流する。トウェーンの故郷ハンニバルは、それよりさらに上流なので、とてつもない川には変わりないが、いくらか把握できる規模なのだ。

人口ざっと一万八千人のハンニバルには、トウェーンの恩恵が実に色濃い。彼の名前を冠したホテルやファミリーレストランがあり、かつて住んでいた家などが記念館になっている。

ぼくが何よりも見物したかったのは、トム・ソーヤーが宝を見つける洞窟。そのネーミングもやはり"Mark Twain Cave"だが、実際はトウェーンが生まれる前に、すでにハンニバルの人々の肝試しの場だった。

洞窟ツアーのガイドの後に続いて、ひんやりした迷路を巡って行くと、石灰岩の壁や天井の随所に落書きがある。名前や洞窟に来た年月日がほとんどだが、"September 22, 1879"だったり、最古のものは一八二〇年代だという。一、二世紀経てば、落書きも粋なもので、この土地の庶民の歴史の断片が、冷蔵保存されているようだ。

メイン・ストリートに面したマーク・トウェーン・ミュージアムでは、『無邪気者の外遊記』と『へこたれるもんか』という初期の作品を丁寧に解説する展示が新鮮だ。旅の無数のディテールの中から、響き合うものを選り取って写生するトウェーンの洞察力がひしひしと伝わる。

そして彼が住んでいた家は、そこから二ブロック歩いたところにあり、庭の板塀の前に案内板が立っている。「トム・ソーヤーが仲間を言いくるめ、料金を取った上でペンキ塗りをやらせたフェンスは、ここにありました」。トウェーンの小説は、例えば日常の何の変哲もない板塀に、無比のユーモアを吹き込む——。

「ぼくが育ったミシシッピ西岸の町では、どの少年もみんな蒸気船に乗り組むことを、ずっと一貫して夢見ていた」

そう振り返ったトウェーンは、夢を実現させて、二十二歳で蒸気船乗組員の頂点である水先案内人になった。南北戦争でやむを得ず転職したが、その後も、少年の夢から目をそらすことはなかった。

# あとがき

平日の昼すぎ、池袋駅で山手線の外回り電車に乗り込むと、白人の大男が座っていた。座席にではなく、ブランコのような手作りの装置にだ。

それは丈夫なナイロン製の網でできているらしく、網の両端はS型の鉄製のフックにつながれ、そのフックを吊り革が付いている横棒に引っかけている。そしてそのゆるやかなU字型の網に、男は尻をのせてゆらゆらしていたのだ。変わったヤツがいるもんだと思いながら、ぼくは空いた席に腰かけ、本を読み始めた。

ほどなくサラリーマンらしき日本人が、大男の側へ寄って行き、英語で話しかけた。二人の会話が耳に入ってくる。男はオーストラリア人で在日十年。この「マイ・スイング」は自分の発明で、吊り革の横棒にきずをつけないよう、フックの先にゴムが巻いてあることも、男は誇らしげに説明した。

電車が日暮里駅に近づくと、ぼくは立って扉の前で待った。男もすっくと立ち、フックを外して網を丸め、手早くバックパックの中へしまい込んだ。彼も降りるみたいだ。

外回り電車とほぼ同時に、内回りも到着して狭いホームは混雑した。周りと歩調を合わせ、階段のほうへゆっくり歩いていると、後ろから「チャリンチャリーン」と自転車のベルが鳴った。みんな自然と端へよけた。ぼくもそうしたが、はっと気づいた。こんなところを自転車が走るか？　振り返れば、あのブランコの彼が、人をかき分けることなく空いた通り道を進み、ぼくを追い越しざま、また「チャリンチャリーン！」と鳴らした。バックパックの左肩のストラップに、ベルがばっちり取り付けてあった。

自転車野郎を自任するぼくだが、歩行者になってもベルが使えるとは思いも寄らなかった。人の条件反射を見抜き、愉快にその盲点をつく――階段をぐんぐん上って行く彼の後ろ姿を見送りながら脱帽した。

人はパブロフの犬よろしく、無意識のうちに操作されていることがたくさんある。文章を書く作業は、ぼくの場合、そんな自分を疑《うたぐ》るところから始まったりもする。「疑る者は救われる」とは限らないだろうが、少なくとも「信ずる者」よりは、面白く生きられると思う。疑る手段として、母語の英語だけでなく日本語をも得て、退屈することは皆無だ。

本書は、小学館国語辞典編集部のホームページ「Ｗｅｂ日本語」に、三年半にわたって書いたものが中心になっている。小林尚代さん、大西和男さん、そして尾澤孝さんが、一冊に編んでくれた。田中靖夫さんの絵と、鈴木成一さんのデザインの冴えに、ご参加ねがえて幸甚だ。おまけに、といってはなんだが、ぼくをアメリカへマーク・トウェーンを探しに行かせてくれた粕谷誠一郎さんと佐伯誠さんにも、深く感謝します。

二〇〇五年初春　　　　　　　　　　アーサー・ビナード

## 初出一覧

### Ⅰ　海を挟んでつれション

独楽った話　「Ｗｅｂ日本語」二〇〇二年三月　小学館
くしゃみ、糞食らえ　「月刊絵手紙」二〇〇〇年十月号　日本絵手紙協会
海を挟んでつれション　「Ｗｅｂ日本語」二〇〇一年十月　小学館
ジス・イズ・ア・柿?　「ＰＨＡＳＥ132号」J-POWER広報誌　二〇〇四年四月号　電源開発株式会社
マネーのズレ　「Ｗｅｂ日本語」二〇〇三年五月　小学館
お粗末お札　「Ｗｅｂ日本語」二〇〇三年六月　小学館
鯨の方式　「ぶっくれっと」二〇〇一年一月号　三省堂
蟬たちの沈黙　「Ｗｅｂ日本語」二〇〇四年七月　小学館
誤訳の味　「国語展望」二〇〇一年十一月号　小学館

### Ⅱ　メロンの立場

メロンの立場　「Ｗｅｂ日本語」二〇〇四年四月　小学館
二〇〇三年宇宙の徒費　「Ｗｅｂ日本語」二〇〇二年十二月　小学館
テレビの取っ手　「Ｗｅｂ日本語」二〇〇三年二月　小学館
電気紙芝居　「Ｗｅｂ日本語」二〇〇三年七月　小学館
ぐるりとまわして魚の目　「うえの」二〇〇二年六月号　上野のれん会
ブレアーのゴッドハンド　「Ｗｅｂ日本語」二〇〇三年四月　小学館
鉄のベッド、テロリストのリスト　「Ｗｅｂ日本語」二〇〇四年二月　小学館

### Ⅲ　夜行バスに浮かぶ

ペダル号　「Ｗｅｂ日本語」二〇〇二年八月　小学館
ゐぱだだ津軽弁　「月刊絵手紙」二〇〇一年五月号　日本絵手紙協会
猫の皿、師匠の猫、ぼくの考え落ち　「ぞろぞろ」一九九七年盛夏号　落語協会
ベッドとボブスレー　「Ｗｅｂ日本語」二〇〇四年三月　小学館
夜行バスに浮かぶ　「Ｗｅｂ日本語」二〇〇四年五月　小学館

馬車からＮＡＳＡへの道　「月刊絵手紙」二〇〇〇年六月号　日本絵手紙協会
三年前の夏の土用にぼくが死にたくなかったワケ　「新日本文学」二〇〇〇年一・二月合併号　新日本文学会

## Ⅳ　鼾感謝祭

火鉢バーベキュー　「Ｗｅｂ日本語」二〇〇一年十一月　小学館
ワサビが似合うサンダル　「Ｗｅｂ日本語」二〇〇一年十二月　小学館
カウボーイとソイ　「Ｗｅｂ日本語」二〇〇二年一月　小学館
鼾感謝祭　「Ｗｅｂ日本語」二〇〇二年十一月　小学館
ビバリーヒルズ丸めんこ　「Ｗｅｂ日本語」二〇〇二年四月　小学館
名札　「月刊絵手紙」二〇〇〇年一月号　日本絵手紙協会
ペリーとパリと落書きのスタンダード　「Ｗｅｂ日本語」二〇〇二年七月　小学館

## Ⅴ　ターキーに注意

鹿を追う　「Ｗｅｂ日本語」二〇〇二年十月　小学館
不法侵入と母の教え　「月刊絵手紙」二〇〇〇年九月号　日本絵手紙協会
ハロウィーンの恐怖　「Ｗｅｂ日本語」二〇〇三年十月　小学館
ターキーに注意　「Ｗｅｂ日本語」二〇〇三年十一月　小学館
兎に化けた蜘蛛が狼を馬鹿に　「季刊ぱろる」一九九五年五月　パロル舎
「コンチワ、家どん！」改訳　「母の友」二〇〇二年九月号　福音館書店
だれが落としてもグー？　「Ｗｅｂ日本語」二〇〇四年十月　小学館
荷物の取り扱い注意　「Ｗｅｂ日本語」二〇〇四年八月　小学館
エープリル・フィッシュ　「うえの」一九九七年四月号　上野のれん会
夏のわすれもの　「朝日新聞」二〇〇三年八月十九日夕刊　朝日新聞社

## Ⅵ　おまけのミシシッピ

おまけのミシシッピ　「翼の王国」ＡＮＡ機内誌　二〇〇四年九月号　全日本空輸株式会社

## アーサー・ビナード
Arthur Binard

詩人。1967年、米国ミシガン州生まれ。20歳の頃、ヨーロッパへ渡り、ミラノでイタリア語を習得。1990年、コルゲート大学英米文学部を卒業。卒論の際、日本語に出会い、魅惑されて来日。日本語での詩作、翻訳を始める。
2001年、詩集『釣り上げては』(思潮社)で中原中也賞を受賞。絵本に『くうきのかお』(福音館書店)、エッセイ集に『空からやってきた魚』(草思社)、翻訳絵本に『ダンデライオン』『どんなきぶん?』(ともに福音館書店)、『カーロ、せかいをよむ』『カーロ、せかいをかぞえる』(ともにフレーベル館)、『A Friend』(玉川大学出版局)、共著には『SANSEIDO WORD BOOK 2: 音と絵で覚える子ども英語絵じてん』(三省堂)などがある。


『Web日本語』(小学館国語辞典編集部のホームページ)
http://www.web-nihongo.com

# 日《に》本《ほん》語《ご》ぽこりぽこり

2005年3月20日 初版第1刷発行
2005年5月1日 初版第2刷発行

【著者】
アーサー・ビナード

【イラストレーション】
田中靖夫
【ブックデザイン】
鈴木成一デザイン室

【発行者】
佐藤 宏
【発行所】
株式会社 小学館
〒101-8001 東京都千代田区一ツ橋2-3-1
電話 編集03-3230-5170 制作03-5281-3221 販売03-5281-3555
振替00180-1-200
【印刷所】
凸版印刷株式会社
【製本所】
牧製本印刷株式会社

【編集】
小林尚代
【制作】
森川和勇 粕谷裕次 池田靖
【宣伝】
下河原哲夫
【販売】
広幡文子

 ISBN4-09-387554-5
JASRAC 出0417444-401